L'AUTORITÉ EXPLIQUÉE AUX PARENTS

Claude Halmos, psychanalyste formée par Jacques Lacan et Françoise Dolto, est une spécialiste de l'enfance connue pour ses interventions sur France Info, dans *Psychologies* et dans *Le Monde de l'éducation*. Elle a déjà écrit de nombreux livres sur la question : *Parler, c'est vivre*, *Pourquoi l'amour ne suffit pas* ou encore *Grandir*.

Paru dans Le Livre de Poche :

GRANDIR

PARLER C'EST VIVRE

CLAUDE HALMOS

L'Autorité expliquée aux parents

Entretiens avec Hélène Mathieu

NIL

© NiL éditions, Paris, 2008
ISBN : 978-2-253-15701-4 – 1re publication LGF

« L'autorité n'est pas – quoi qu'on en dise – "tout ce qui fait obéir les gens". Elle n'est pas le pouvoir et elle ne se réduit pas davantage à n'être qu'un instrument du pouvoir, une "augmentation" de la domination, même si le pouvoir prend souvent le masque de l'autorité. Elle n'a précisément pas besoin de s'affirmer sur le mode "autoritaire". Telle est la première confusion qu'il importe de dissiper et qui n'appartient pas qu'au sens commun. »

Myriam REVAULT D'ALLONNES
Le Pouvoir des commencements :
essai sur l'autorité
(Le Seuil, 2006)

Sommaire

Savoir dire « non » à ses enfants. Apprendre à leur dire « non ». Leur mettre des limites. Pourquoi ? Comment ? L'autorité parentale hante les pages des magazines, les écrans de télévision, les rayons des librairies. Les spécialistes se relaient, les déclarations se multiplient. Et toutes ne sont pas – loin s'en faut – sans pertinence.

Pourtant, submergés d'indications diverses, les parents restent désarçonnés, désemparés. En proie à un désarroi qui semble, d'année en année, s'aggraver. Nombre d'entre eux racontent ainsi un quotidien gâché par des conflits permanents. À propos de tout. Et surtout de rien. « Tous les jours il faut se battre avec lui pour qu'il fasse ses devoirs. C'est un enfer ! » « Il n'y a pas moyen qu'il aille se coucher. Il se relève dix fois. On ne sait plus quoi faire… » « Chaque fois qu'on l'appelle, que ce soit pour manger, pour prendre sa douche ou pour n'importe quoi, il traîne. Une demi-heure après on en est encore au même point. Je vous assure, c'est usant ! »

Et la situation est parfois plus grave. De plus en plus d'enfants – notamment entre trois et six ans – arrivent en consultation malheureux, recroquevillés sur eux-mêmes, affligés de retards divers (bien que leur intelligence soit normale), et incapables de vivre sereinement au milieu des autres dans ces lieux sociaux que sont l'école, la garderie ou le centre aéré. Alors que – c'est en général clair dès la première consultation – ils n'ont aucun problème particulier. Et que leurs géniteurs, malgré tout ce dont ils s'accusent, sont (pour reprendre l'expression que le psychanalyste anglais Donald Winnicott appliquait aux mères) de toute évidence « suffisamment bons ».

Pourquoi, alors, tant de difficultés ? Pour une raison simple. Parce que ces enfants « normaux », élevés par des parents qui ne le sont pas moins, sont, du fait d'un manque ou, *a minima*, d'une insuffisance d'éducation et d'autorité, empêchés de se développer normalement. Leurs parents les aiment, s'occupent d'eux et s'efforcent d'être attentifs à ce qu'ils disent et vivent. Mais ils ne leur imposent pas ce qu'ils devraient leur imposer. Soit parce que, très profondément, ils n'en comprennent pas la nécessité, soit parce que, convaincus que ce serait utile, ils cèdent pourtant devant les larmes ou les protestations de leur enfant. Obsédés qu'ils sont – et souvent bien plus qu'ils ne le croient – par la crainte de le voir souffrir. L'autorité aujourd'hui fait peur. Elle effraie les parents. Parce qu'ils s'imaginent qu'elle ne pour-

rait être que ce qu'elle fut souvent autrefois : un instrument destiné à soumettre l'enfant au pouvoir des
adultes. Et susceptible de ce fait de porter atteinte à
sa liberté, à sa personnalité et à sa créativité. Or, il
faut qu'ils le sachent, une autre autorité existe. Et
non seulement elle ne détruit pas les enfants mais
elle constitue le point d'appui essentiel de leur développement et de leur épanouissement. On peut considérer un enfant comme une personne à part entière
et l'écouter sans renoncer pour autant à lui mettre
les limites dont il a besoin pour vivre. Autorité peut
rimer avec aimer et respecter. Et il est urgent que
les parents l'entendent. Car l'enfant qui n'est pas (ou
pas suffisamment) éduqué est à notre époque bien
plus en danger qu'il ne l'était autrefois.

Ses symptômes font en effet de lui une proie. Une
proie pour certains politiques qui, arguant que la tendance à la délinquance serait innée, sont prêts dès son
plus jeune âge à le stigmatiser et à l'exclure. Et une
proie pour de pseudo-scientifiques qui interprètent
les déviances des enfants et des adolescents non pas
comme la conséquence de « ratés » de leur histoire,
mais comme la preuve de dispositions constitution-
nelles et, de ce fait, sans appel : « C'est sûrement
génétique, madame ! »

Comment aider les parents à accéder à cette compréhension et à agir ? De nombreux livres, de nombreuses émissions, nous l'avons dit, s'y emploient.
Le résultat pourtant reste notoirement insuffisant.
Pourquoi ? Parce que ces livres et ces émissions se

limitent pour la plupart à donner aux parents des conseils : « Faites ceci, faites cela. Ne faites pas ceci, ne faites pas cela. » Des conseils qui, dans un premier temps, les rassurent. Mais qui ne les aident pas à avancer. Parce qu'ils ne leur permettent pas de cerner leurs difficultés, d'en saisir les causes et d'y remédier. Il faut donc, me semble-t-il, prendre le problème par un autre bout. Ce livre tente de le faire. Il n'a pas pour vocation de tenir la main des parents. Mais de les amener au contraire à devenir capables de prendre eux-mêmes leurs problèmes en main. En leur donnant les moyens de comprendre d'abord pourquoi leur autorité est non seulement nécessaire mais vitale pour leur enfant, et ensuite pourquoi elle leur est, qui qu'ils soient (car, il faut qu'ils le sachent, elle pose problème dans toutes les familles), si difficile à mettre en œuvre.

Ce livre est conçu comme une suite de réponses à des questions. Des questions comme celles que des parents pourraient me poser et qu'ils me posent de fait quand je les rencontre (à mon cabinet ou lors de conférences). Elles s'expriment dans cet ouvrage par la voix d'une journaliste, Hélène Mathieu, elle aussi mère de famille, et qui peut, à ce titre, se faire le porte-parole de tous ceux qui, face à leur enfant, s'interrogent : que faire ? pourquoi ? comment ?

Notre souhait est que, loin des diktats psychologiques et des « il faut » standardisés et culpabilisants, ce livre permette à chaque parent de retrouver des repères. Et d'élaborer à partir d'eux, avec ses mots à lui, *sa* réponse. Et une même certitude nous unit : c'est possible !

Post-scriptum

Nous avons souvent gardé dans ce texte le ton de la conversation qui fut la nôtre. Sa qualité littéraire y perdra peut-être. Nous en prenons le risque. Car nous pensons que le plus important est que la vérité – celle de notre dialogue et, à travers lui, celle de notre débat avec les parents qui nous liront – y gagne.

Pourquoi le problème de l'autorité parentale se pose-t-il particulièrement aujourd'hui ?

Hélène Mathieu : On lit partout que les parents ont de plus en plus de problèmes avec l'autorité, qu'ils ne savent plus mettre des limites à leurs enfants, qu'il n'y a plus de règles. À la génération de mes parents, il ne me semble pas qu'il y avait ce problème. Pourquoi pensez-vous qu'il se pose aujourd'hui avec une telle acuité ?

Claude Halmos : Je crois que dans votre enfance ou dans la mienne, le problème ne se posait pas du tout de la même façon. Parce que l'autorité parentale était conçue comme une sorte d'autorité de droit divin. On n'avait pas à la justifier parce qu'elle était supposée aller de soi. Quand les enfants demandaient : « Mais pourquoi je dois faire ça ? », les parents répondaient : « Parce que c'est moi qui commande. » Ou bien : « Parce que c'est comme ça. Tu ne discutes pas. Tu obéis. » Ce qui voulait dire qu'ils leur demandaient *grosso modo* de se soumettre. Ce qui était exigé de l'enfant à cette époque, c'était une soumission. Une soumission au parent et à son autorité. Le mode sur lequel cela se passait pouvait varier selon les familles. Mais le principe était celui-là.

Et puis, il y a eu 1968. Toute une génération dont nous avons fait partie (pour ma part je m'en félicite !) s'est rebellée contre cette autorité de droit divin, dans tous les domaines de la société. Parce que cette autorité allait de pair avec un empêchement de vivre, de créer, d'être libre, d'avoir une sexualité, etc. C'était de la répression. Donc, toute une génération s'est élevée contre cette répression, et on a dénoncé les effets de l'autoritarisme. Sur cette lancée certains ont fait un trajet personnel, sont allés en analyse. Ils ont pu étudier à loisir sur leur divan les méfaits de l'autoritarisme parental. Et cela a donné à nombre d'entre eux l'idée qu'avoir de l'autorité sur un enfant était forcément de la répression.

C'est une idée fausse, bien sûr. On aura l'occasion d'expliquer pourquoi. Mais c'est une idée qui a marqué les esprits et qui pèse très lourd aujourd'hui.

Ce qui rend aussi l'autorité parentale problématique à notre époque, c'est la difficulté à articuler les places du père et de la mère. On n'ose plus différencier les places de chacun des parents. Parce qu'on a peur, en le faisant, de remettre en cause l'égalité des sexes et de rétablir une hiérarchie au sein de la famille. C'est-à-dire d'en revenir au temps où femmes et enfants devaient être soumis corps et âme à la puissance paternelle. Or l'autorité du père (qui n'a rien à voir avec le pouvoir absolu d'un *pater familias*) est essentielle pour les enfants. Cela aussi, on pourra y revenir.

Voilà pour le contexte historique. (Même si ma réponse ne prétend pas être complète. Parce que répondre vraiment à votre question supposerait un travail pluridisciplinaire approfondi.) Et il faut ajouter à cela l'influence déterminante qu'a eue sur notre société l'enseignement de Françoise Dolto.

Cet enseignement n'est pas tombé du ciel, bien sûr. Il n'a pas surgi *ex nihilo* un beau matin. Il est le produit d'une longue évolution de l'idée même d'enfant. Évolution dans laquelle la psychanalyse a joué un rôle central. Mais la personnalité de Françoise Dolto, son écoute exceptionnelle et tout à fait originale des enfants, son talent pour la transmission et sa volonté de transmettre ont fait qu'il y a eu un « avant » et un « après » son enseignement.

Françoise Dolto a marqué de façon décisive notre époque. Bien au-delà de ce que l'on en dit aujourd'hui. Au point que, vingt ans après sa mort, on oublie souvent que c'est à elle que l'on doit des changements qui nous semblent aujourd'hui aller de soi. Or l'essentiel de son message était qu'un enfant n'est pas, comme on voulait le croire, un être inférieur, un sous-adulte qui doit attendre d'être devenu grand pour avoir le droit à la parole, mais un être à part entière qui a autant de valeur qu'un adulte et dont la parole a autant de valeur que celle d'un adulte.

C'était un message révolutionnaire, et il a reçu dans le public un accueil tout à fait particulier. Des milliers d'adultes ont été, non pas tant convaincus intellectuellement que touchés, au plus profond d'eux-mêmes, par ce que disait Françoise Dolto. Car ils entendaient enfin une parole qui restaurait dans sa dignité l'enfant qu'ils avaient été. Cet enfant à qui l'on avait tellement ordonné « Tais-toi ! » en lui faisant croire « en prime » que c'était « pour son bien ». À qui l'on avait tellement fait sentir qu'il comptait « pour du beurre ». Il y a eu une vraie rencontre entre les aspirations de cette époque où explosait le désir de vie et de liberté – cette époque du « sous les pavés la plage… » – et les mots de cette petite dame qui, sous des dehors BCBG, était en fait parfaitement subversive.

Toute une génération a été frappée au cœur par le message de Françoise Dolto. La vision qu'avait cette génération de l'autorité parentale s'en est trouvée modifiée en profondeur. Et modifiée d'une façon qui n'avait rien de confortable. En effet, si un enfant est une personne à part entière, il devient impossible de lui dire, du haut d'un supposé bon droit parental : « Obéis et tais-toi ! »

L'enseignement de Françoise Dolto a fait vaciller les valeurs qui servaient autrefois de fondement à l'autorité parentale (et qui avaient déjà été mises à mal en 1968). Cette vacillation dure encore. Et elle est à l'origine d'un grand désarroi des parents. On l'entend tous les jours en consultation. Car ceux qui viennent pour un problème d'autorité découvrent souvent qu'ils sont en fait « bloqués » par un problème de légitimité.

H.M. : C'est vrai que je fais partie d'une génération de parents qui s'est beaucoup demandé : « De quel droit j'impose ça à mon enfant? Pourquoi le priver de sa liberté, de sa créativité? »

C.H. : Question diabolique. D'autant plus diabolique que l'enfant – qui sent l'angoisse de ses parents – ne se fait jamais faute d'en jouer pour les faire céder… Question vertigineuse aussi et de surcroît hantée par le spectre de la souffrance possible de l'enfant et par la peur de casser sa personnalité.

C'est cette spirale infernale qui conduit certains parents à dire par exemple : « Mais si j'empêche mon fils (de trois ans) de dessiner sur les murs de la salle à manger, est-ce que je ne vais pas porter atteinte à ses capacités de création? »

C'est une question qui est toujours sous-tendue par énormément de souffrances. Mais surtout, si l'on y réfléchit, elle est très importante et très intelligente. Parce que les parents qui la posent interrogent, sans forcément le savoir, la nature et la fonction de la limite. Ce qu'ils demandent c'est : « Est-ce que la limite n'est pas mutilante pour un enfant? Est-ce que, sous couvert de l'adapter à la société, elle ne va pas briser son désir de liberté, sa créativité? » C'est un débat essentiel. Et la façon dont ces parents l'abordent prouve – pour en revenir à Françoise Dolto – à quel point son enseignement a été mal transmis. Il permet parfaitement de répondre à ces questions et de redonner aux parents une légitimité.

H.M. : De quelle façon ? Je ne suis pas sûre que nous ayons tous bien compris ou retenu son message.

C.H. : Le message de Françoise Dolto est double et c'est cela que l'on oublie. Elle dit : l'enfant est un être à part entière mais – elle ajoute un « mais » – il est un être en construction qui a besoin, pour se construire, de l'autorité des adultes, des limites qu'ils lui mettent, etc. Elle pose donc que les parents, s'ils veulent aider leur enfant à se construire, ont non seulement le droit mais le devoir d'avoir de l'autorité sur lui, parce qu'il ne peut pas grandir normalement (en tout cas dans sa tête) sans éducation, et que l'éducation suppose l'autorité. Or, dans la transmission du message doltoïen, on a gardé la première partie : « L'enfant est un être à part entière », mais on a oublié la seconde, celle qui évoque ce besoin absolu d'éducation et d'autorité. C'est la raison pour laquelle on accuse aujourd'hui Françoise Dolto d'avoir contribué à la fabrique de ce que l'on appelle les « enfants rois ». Accusation qui – si l'on se reporte à ses textes – est une aberration, un contresens absolu.

H.M. : Mais pourquoi a-t-on retenu son message de cette façon ?

C.H. : D'abord pour des raisons historiques. L'un des slogans phares de Mai 68 était le fameux : « Il est interdit d'interdire ! » Il a été, pour toute une génération, un légitime cri de révolte. Mais il a malheureusement donné naissance, pendant tout un temps (c'était sans doute inévitable), à des pratiques éducatives fondées sur un « laisser-faire » que plus personne ne défendrait aujourd'hui. « Oublier » le besoin de limites de l'enfant allait dans ce sens.

Mais la raison essentielle de la transmission erronée a été, je crois, la volonté de simplifier – au risque de le dénaturer – le message doltoïen. Et on a voulu le simplifier parce qu'il est d'une complexité extrême. Dire que l'enfant est une personne à part entière qui a autant de valeur que ses adultes de parents, et affirmer en même temps que ces mêmes adultes doivent se mettre en position d'avoir un ascendant sur lui pour le faire obéir, cela peut sembler contradictoire. C'est comme si l'on demandait de mélanger l'eau et le feu. D'articuler l'eau et le feu. Aussi, plutôt que de prendre le risque de cette opération hautement délicate, on a préféré supprimer un élément. On aurait pu garder la partie : « L'enfant a besoin de limites. » Mais ça, après Mai 68, c'était difficile. Donc on a gardé : « L'enfant est une personne à part entière. » Avec toutes les dérives que cela a entraînées. Si l'on oublie que l'enfant, toute « personne à part entière » qu'il soit, et justement parce qu'il est une personne à part entière, est soumis aux mêmes règles que les adultes, on peut en arriver très vite à supplier à genoux « Sa Majesté mon fils, ou ma fille » de bien vouloir comprendre qu'il faudrait quand même qu'il (ou elle) aille se laver les dents…

Indépendamment du contexte historique, le choix de garder la partie du message qui pouvait mener à l'« enfant roi » n'est pas sans conséquence. Un enfant roi en effet n'est pas pour ses parents une personne à part entière. S'il l'était, ils se préoccuperaient de son avenir et ne le laisseraient pas faire n'importe quoi... Un enfant roi est une sorte d'objet fétiche. Et un objet fétiche, même si on l'adule, c'est quand même un objet... que l'on possède. Donc en fait, tout en prétendant « faire du Dolto », on est revenu à l'« avant-Dolto », c'est-à-dire à l'enfant non pas sujet mais objet et propriété de ses parents.

H.M. : Vous voulez dire que Françoise Dolto prônait l'autorité parentale ?

C.H. : Sans aucun doute. Mais c'est une autorité qu'il faut repenser. Ce que nous allons essayer de faire dans ce livre. C'est une autorité qu'il faut repenser parce que, précisément, elle s'adresse à un enfant qui est désormais considéré comme une personne à part entière. C'est-à-dire à un être doté d'un psychisme aussi complexe que celui d'un adulte ; qui a des idées et des désirs qu'il faut découvrir, respecter, etc. Cette donnée nouvelle change tout. Tant que l'on ignorait que l'enfant était une personne, on pouvait considérer l'éducation comme une sorte de conditionnement. On prenait un enfant supposé passif et modelable à loisir et on l'amenait – en usant, en général, tantôt de la carotte, tantôt du bâton – à des conduites adaptées à la vie sociale. En clair on faisait en sorte de chasser de sa tête les « mauvaises idées » et d'en mettre à la place de « bonnes ». Le but de l'opération était qu'il soit « bien élevé ». C'est-à-dire qu'il ne pose aucun problème à la société. Et dans cette perspective, la question de son épanouissement – si par hasard on se la posait – était évidemment secondaire.

Cette conception de l'éducation s'apparentait (ou en tout cas pouvait s'apparenter) peu ou prou à du dressage. Puisque, tout cela étant fait pour le bien de l'enfant (un bien dont on posait qu'il ne pouvait en aucun cas juger lui-même…), on ne lui demandait jamais son avis. Et l'instrument de ce dressage était l'autorité des parents.

H.M. : Voilà exactement ce que nous ne voulons plus faire vivre à nos enfants.

C.H. : En effet, le fantôme de ce type d'éducation hante aujourd'hui les relations des parents à leurs enfants. Quand on les écoute, on se rend compte que c'est une éducation qui ressemblerait à celle-là, qui serait aussi violente que celle-là qu'ils ont peur de reproduire. Et ça les terrifie. Parce qu'ils ne veulent pas que leurs enfants la subissent et en souffrent. Mais, s'ils la redoutent tellement, cela veut forcément dire qu'ils la connaissent (même s'ils n'en ont pas tous, loin s'en faut, fait eux-mêmes l'expérience). Et ce n'est pas étonnant. Parce que, même si dans beaucoup de familles les choses se passaient de façon plutôt gentille, la violence était présente. Parce qu'une éducation qui nie l'être de l'enfant est par définition violente. Et que cette violence s'inscrit toujours en lui. Même s'il n'en est pas conscient. C'est le même problème que pour le corps. Si un adulte touche le corps d'un enfant (pour des soins, par exemple) de façon prévenante et en lui parlant, parce qu'il sait qu'il éprouve des sensations et des émotions et qu'il peut donc être surpris, avoir mal et même peur, son geste, même s'il est douloureux, est empreint d'attention et de respect. L'enfant le sent et cette certitude d'être reconnu et pris en compte par l'autre nimbe d'un halo de sécurité sa relation à cet autre. En revanche, si l'adulte, même animé des meilleures intentions du monde, considère que le corps d'un patient n'est qu'un morceau de viande (ce qui est encore malheureusement le cas dans certains hôpitaux), le geste qu'il fait, même s'il est anodin, même s'il n'a rien d'agressif, peut devenir pour l'enfant terrible et potentiellement traumatisant.

Mais je voudrais ajouter, à propos de cette peur qu'ont les parents d'être répressifs, que le discours politique ambiant ne les aide pas. Car le fait d'entendre des politiques (de droite et de gauche) expliquer que la seule solution pour sortir du « laisser-faire éducatif » c'est la répression, l'enfermement, l'armée, etc., les entretient dans leurs fantasmes. Ces allégations les confortent dans la croyance qu'il n'y aurait, en matière d'éducation, que deux solutions : soit faire ce qu'ils font, c'est-à-dire en imposer et en interdire le moins possible (avec les résultats que l'on sait), soit en revenir à l'enfant dressé, maté, chosifié, aux coups de règle sur les doigts, et – pourquoi pas ? – aux bagnes d'enfants. Autrement dit à l'horreur.

Or il y a – heureusement ! – une troisième voie. Et c'est celle-là qu'il faut expliquer aux parents. C'est essentiel pour eux, pour leurs enfants, mais aussi pour la société.

H.M. : Cette troisième voie, elle consiste en quoi ? Imposer les règles tout en respectant l'enfant ?

C.H. : D'abord, je l'ai dit, cette éducation et cette autorité s'adressent à un enfant dont on pose qu'il est une personne. Une personne, ce n'est pas un morceau de pâte à modeler, une chose passive que l'on pourrait façonner à sa guise. C'est un être qui a une tête et qui est capable de réfléchir, de peser le pour et le contre, d'accepter, de refuser, etc.

Il ne s'agit donc pas de lui imposer les règles par la seule contrainte et d'attendre que, la force de l'habitude aidant, l'obéissance devienne chez lui une seconde nature.

Il s'agit de lui apprendre et de lui expliquer les règles et de lui imposer de les respecter. Mais dans le but qu'il devienne capable, le plus vite possible, de les respecter de lui-même, sans que l'on soit « sur son dos ». Et de les respecter non par soumission comme un chien dressé. Mais parce qu'il en aura compris le sens et l'intérêt. C'est un changement radical par rapport à la conception que l'on avait précédemment de l'éducation. Ce que l'on réclamait autrefois de l'enfant, c'était de la docilité. C'est-à-dire une position passive (peu importait qu'il ait compris ou pas ; il fallait qu'il obéisse). Alors que ce que l'on attend de lui aujourd'hui est une position active. Il doit certes respecter les règles. Mais il doit aussi les comprendre. C'est-à-dire les reprendre à son compte, se les approprier, les faire siennes.

L'objectif n'est donc pas de le diriger comme un jouet télécommandé en escomptant qu'il intériorise pour la vie la télécommande parentale. Ce que l'on vise, c'est qu'il y ait, comme on dit, un pilote dans l'avion, que l'enfant devienne pilote de son avion ; et qu'il soit capable de se diriger seul en respectant les règles de la circulation aérienne que ses aînés lui auront apprises.

En fait, l'éducation des parents a pour l'enfant la même fonction que leurs bras qui le soutiennent quand il ne sait pas encore marcher. Ils lui apprennent ce qu'il faut faire et l'obligent à le faire tant qu'il n'est pas encore capable de se l'imposer lui-même. Mais le but, encore une fois, est qu'il se mette très vite des limites à lui-même.

H.M. : Mais, dans ce que vous dites, on ne voit pas où est le besoin d'autorité. Les parents expliquent, l'enfant comprend... Tout semble se passer sans heurts, sans que les parents aient jamais besoin de taper sur la table... Or, ça ne se passe jamais de façon aussi idyllique…

C.H. : Dès que l'on parle d'existence de la personne de l'enfant et de respect de cette personne, les choses sont entendues de cette façon. Au point d'en arriver parfois à une sorte d'image d'Épinal psychologisante : des parents « zen » et « cool » qui expliqueraient posément les choses à leur rejeton. Sans jamais s'énerver. Sans jamais élever la voix. Et celui-ci, tout aussi calme, posé et serein que ses géniteurs qui, convaincu par la justesse de leurs arguments et quasiment frappé par la grâce, accepterait sans protester de ne plus frapper sa petite sœur. Ou de ne plus jeter à terre l'assiette de purée dont il ne veut plus… Dans les faits, ça ne peut pas se passer comme ça. Et il faut le dire et le redire. Dans l'apprentissage des règles de vie, les explications données à l'enfant sont essentielles, mais elles n'évitent pas le rapport de forces entre ses parents et lui. Ce rapport de forces est inévitable.

H.M. : Qu'est-ce que vous entendez par « rapport de forces » ? J'imagine que vous ne pensez pas qu'il faut en arriver aux mains ?

C.H. : Bien sûr que non ! Il ne s'agit pas que les parents usent de la force physique. Il s'agit qu'ils soient capables de faire preuve d'autorité. C'est-à-dire de signifier fermement, quand besoin est : « C'est comme ça, ce n'est pas autrement », et de tenir bon. Même si l'enfant n'est pas d'accord. (Or, en général il n'est pas d'accord et s'emploie bruyamment à le faire savoir.)

H.M. : Mais pourquoi ce rapport de forces est-il inévitable ? Il n'existe donc aucune famille où les règles s'imposent sans heurts ?

C.H. : Cette position d'autorité est une obligation parce que – nous y reviendrons – le respect des règles de vie va à l'encontre du fonctionnement du jeune enfant. Dont le principe – tous les parents le savent – est de ne faire que ce qu'il veut, comme il le veut et quand il le veut.

L'enfant ne peut en aucun cas abandonner de lui-même ce fonctionnement. Et les explications qu'on lui donne, si elles sont importantes, ne sont pas, dans un premier temps, suffisantes pour le convaincre de le faire. Il faut donc d'une certaine façon qu'il commence à obéir avant d'avoir compris pourquoi il doit le faire. Et cela suppose qu'on l'y oblige. Ce rapport de forces est un passage obligé mais il est momentané. Il est là pour signifier à l'enfant que la barrière est infranchissable. Et que l'on est garant qu'il ne la franchira pas. Une fois qu'il a compris qu'il n'a pas plus le pouvoir de la faire tomber que celui de changer le jour en nuit, il l'accepte. Et il l'accepte d'autant plus que les explications qu'on lui donne finissent par lui rentrer dans la tête...

Évidemment, si l'on cède, il ne comprend plus rien. Parce qu'on lui dit que la barrière est infranchissable tout en la lui laissant franchir... Il n'a plus de repères. C'est pour ça que, contrairement à ce que pensent certains parents, l'absence d'autorité n'est pas rassurante pour un enfant. Elle est perturbante.

H.M. : Vous direz ce que vous voudrez. Mais si l'enfant accepte, c'est quand même de la soumission !

C.H. : Vous avez raison. Il s'agit d'une soumission. Mais ce n'est pas, comme autrefois, une soumission à l'adulte et à son pouvoir. C'est-à-dire une aliénation à cet adulte, une inféodation à lui, éthiquement condamnable et inévitablement destructrice. C'est une soumission à la règle qu'enseigne l'adulte. La différence est fondamentale. D'autant plus fondamentale que l'enfant va apprendre que cette règle, à laquelle l'adulte lui demande de se soumettre, l'adulte lui-même y est soumis. L'enfant n'a pas le droit de frapper les autres. Et l'adulte l'en empêche. Mais cet adulte non plus n'a pas le droit de le faire. L'enfant n'a pas le droit de voler. Et l'adulte l'en empêche. Mais l'adulte non plus..., etc.

Donc, entre l'enfant et l'adulte qui l'éduque, il n'y a pas de hiérarchie. Il n'y a pas cette hiérarchie qui existe toujours entre l'esclave et son maître, l'animal et son dresseur…

Il y a une égalité face à la loi. Avec, bien sûr, une différence de places. Parce que l'adulte transmet à l'enfant qui ne le sait pas encore ce que lui, l'adulte, sait déjà et lui impose de le respecter. Mais ils sont tous deux soumis à la loi. Et cette soumission n'est, ni pour l'un ni pour l'autre, destructrice mais constructive. Car la loi dont il s'agit suppose indéniablement quelques frustrations (on ne peut pas toujours faire ce que l'on veut). Mais elle procure des bénéfices essentiels puisqu'elle permet la vie avec les autres. Cette vie qui est indispensable aux êtres parlants que nous sommes. Et qui est la condition *sine qua non* de leur épanouissement.

Il y a une autre différence entre cette soumission à la règle et celle que l'on imposait à l'enfant que l'on faisait ployer sous la férule parentale. L'enfant que l'on considère comme une personne, à qui l'on parle, à qui l'on explique ces règles ne se soumet pas à elles seulement parce que ses parents font preuve d'autorité. Il a besoin de cette autorité parce que le respect des règles est pour lui, je l'ai dit, la chose la moins naturelle du monde. Mais il ne peut se soumettre vraiment et définitivement à une règle que s'il l'a comprise. Ce qui veut dire que sa volonté intervient dans cette acceptation. Et que donc sa « soumission » est volontaire. C'est la raison pour laquelle les parents qui ne font que hurler sans jamais rien expliquer n'y arrivent pas. L'éducation, c'est : expliquer à l'enfant les règles. Mais aussi exiger qu'il les respecte. Et être capable de le sanctionner si, alors qu'il les connaît, il les transgresse. C'est dans ces deux dernières phases qu'intervient l'autorité. Et ce sont surtout ces moments-là qui sont difficiles aujourd'hui pour les parents.

Pourquoi l'autorité de leurs parents est-elle indispensable aux enfants ?

H.M. : Pourquoi est-ce que l'enfant n'obéit pas naturellement quand on lui explique ? Pourquoi est-ce qu'expliquer ne suffit pas ?

C.H. : Il faut, pour le comprendre, en revenir à l'idée – souvent oubliée aujourd'hui – qu'un enfant se construit. Essayer de cerner en quoi consiste cette construction et surtout en appréhender la complexité. Complexité qui la différencie radicalement de celle de l'animal.

La construction d'un animal en effet (sa croissance) se résume largement à celle de son corps. Puisque, n'étant doté ni de la parole ni de la pensée, il n'a pas la possibilité de décider de ses conduites. Celles, par exemple, qui vont présider à sa rencontre avec ses congénères. Il n'a pas le choix de ses conduites parce qu'elles lui sont dictées par l'instinct. L'animal est « programmé » par l'instinct (dans une situation donnée, tous les animaux de la même espèce ont un comportement voisin). L'homme peut évidemment influer sur cette programmation s'il entend dresser l'animal, mais sa marge de manœuvre est restreinte. Un loup est un loup. Et aucun dresseur, aussi talentueux soit-il, ne réussira jamais à le transformer en agneau.

Le cas de l'enfant est très différent. Car les humains n'étant pas dirigés par l'instinct, ils ont face à chaque situation la possibilité d'adopter une attitude ou une autre. Ils la « choisissent » toujours en fonction des repères (conscients et inconscients) qui sont les leurs. Et ces repères dépendent uniquement de l'éducation qu'ils ont (ou n'ont pas) reçue. Quand on décide par exemple de porter secours à un blessé au lieu de passer son chemin, on ne le doit ni à ses gènes ni à la qualité de son tissu cérébral ou de ses neurones, mais à l'éthique de vie que l'on a acquise dès l'enfance, grâce aux paroles que les parents ont dites et à l'exemple qu'ils ont donné.

La construction de l'enfant suppose donc, outre celle de son corps, celle de son psychisme. C'est-à-dire bien sûr l'acquisition de la pensée et de la parole, mais aussi celle de la capacité à se conduire humainement avec ses semblables. Capacité qui, encore une fois, n'est jamais donnée au départ. Mais qui est essentielle, car un enfant humain n'est pas destiné à vivre seul sur une île déserte. Son destin est de vivre avec d'autres humains.

H.M. : C'est une évidence pour tous les parents, non ?

C.H. : Je n'en suis pas sûre ! Évidemment, si j'affirme comme je le fais en ce moment : « Un enfant doit être capable de vivre en société », tout le monde va me répondre que cela va de soi. Certains vont même penser que j'enfonce des portes ouvertes. Mais dans la pratique, c'est-à-dire dans le quotidien, celui de la vie familiale dont on entend l'écho en consultation et celui dont chacun peut être témoin à l'extérieur de la famille, est-ce si évident ? Quand on voit, dans un autobus par exemple, un enfant de cinq ans faire colère sur colère, donner des coups de pied dans le siège qui lui fait face (et éventuellement dans les jambes de la personne qui l'occupe), hurler et gâcher le voyage de tout le monde, sans que ses géniteurs, qui l'accompagnent, interviennent pour lui expliquer pourquoi ce n'est pas possible et l'empêcher de continuer, peut-on considérer qu'ils ont compris qu'ils élevaient un enfant pour qu'il devienne apte à vivre au milieu des autres ? Je ne le crois pas. S'ils l'avaient (vraiment) compris, ils interviendraient fermement et rapidement. Comme ils le feraient s'ils le voyaient jouer avec un couteau trouvé par terre. Parce qu'ils se rendraient compte que ce qu'il fait est dangereux pour lui.

H.M. : Est-ce que tous les parents ont la même capacité à éduquer leurs enfants ? Est-ce que l'on ne peut pas dire que certains, pour des raisons diverses, sont incompétents ?

C.H. : Absolument pas. Je ne parle pas d'incompétence et je n'en parlerai jamais. Mon expérience me prouve tous les jours qu'il n'existe pas de parents incompétents. Tous les parents sont compétents. Si certains se conduisent comme s'ils ne l'étaient pas, c'est soit que leur histoire personnelle les empêche d'accéder à leurs compétences (ils répètent par exemple les errances et les incohérences de leurs propres parents, on pourra y revenir), soit qu'ils ne sont pas suffisamment informés, ce qui est fréquent. Parce qu'on n'explique pas suffisamment aux parents que l'une des dimensions essentielles de leur travail est d'aider leur enfant à devenir civilisé. On ne leur dit pas assez que la « civilisation » n'est pas un fait de naissance. Qu'aucun enfant ne naît civilisé, qu'il le devient. Et ne peut le devenir que si ses aînés l'éduquent.

H.M. : Mais est-ce qu'il n'y a pas quand même chez l'enfant une prédisposition naturelle à devenir civilisé ?

C.H. : Il n'y en a aucune. Et c'est important de le rappeler. Parce que beaucoup de parents pensent ou plutôt fonctionnent comme s'ils pensaient que « ça va se faire tout seul ». Que la « civilisation » va pousser dans l'enfant comme ses cheveux sur sa tête.

Je suis de plus en plus frappée par le nombre croissant de parents pourtant intelligents, attentifs à leur enfant, qui ne réalisent pas qu'il ne pourra jamais à l'âge adulte respecter les règles de la vie s'il n'apprend pas dès l'enfance à les respecter. Et ça se joue sur des détails, des choses apparemment banales du quotidien. Certains racontent par exemple comment ils doivent, tous les matins, batailler avec leur enfant pour qu'il consente à être prêt à l'heure pour partir à l'école. La situation dure depuis toujours et n'en finit pas de durer. Et ils ne la trouvent en rien normale. Au contraire, ils sont excédés et s'en plaignent. Néanmoins, ils la subissent, sans jamais envisager qu'il y aurait peut-être des mesures à prendre pour y mettre définitivement un terme. Et l'enfant évidemment le sent et en joue.

Et quand je leur dis : « Est-ce que vous avez déjà pensé que, si vous acceptez qu'il arrive systématiquement en retard à l'école, il ne pourra jamais, plus tard, comprendre qu'il doit arriver à l'heure à son travail, et que ce sera pour lui la source d'ennuis sans fin ? », ils tombent des nues. Ce rapport, qui leur semble tout à coup évident, ils ne l'avaient jamais fait. Ils tombent des nues mais ils deviennent en général capables, parce qu'ils savent enfin pourquoi ils le font, de poser clairement une limite à l'enfant.

Et cette idée du « ça se fera tout seul » n'est pas l'apanage des géniteurs. Elle est aussi le fait des professionnels. Les parents eux-mêmes en témoignent. En racontant par exemple comment, ayant exprimé à leur médecin leurs inquiétudes devant la conduite de leur enfant quand il avait trois ans, ils se sont entendu répondre : « Ne vous inquiétez pas. Ça passera quand il va grandir. » Alors que, très souvent, « ça » n'est pas passé. Et que parfois, « ça » s'est même aggravé.

H.M. : Quand vous dites que l'enfant doit devenir civilisé, vous voulez dire qu'il doit être adapté à la vie sociale ?

C.H. : Cette formulation donne l'impression que l'enfant grandit, qu'il se développe physiquement, intellectuellement, psychologiquement, etc. Et que l'éducation en rajoute une couche si l'on peut dire, en le formatant pour qu'il entre dans le moule social. À la façon dont, une fois qu'il a atteint sa taille définitive, on peut tailler un arbuste d'ornement pour qu'il ait la forme adaptée à l'usage auquel on le destine. En fait, vous exprimez une conception implicite et très répandue de l'éducation. Mais c'est une conception fausse.

Devenir civilisé ne suppose pas une simple opération de surface, l'acquisition par l'enfant d'une sorte de « vernis social », d'un certain nombre de principes qui lui permettraient de devenir, pour ses concitoyens, fréquentable. C'est une transformation en profondeur. Une transformation si radicale que l'on pourrait l'assimiler à un changement de nature.

Entre l'adolescent qui a été « civilisé » et celui qui ne l'a pas été, il y a un océan. Les faits divers nous donnent chaque jour l'occasion de le vérifier. Et aussi, malheureusement, de constater que cet « océan » est souvent interprété de façon fausse. Quand ils

entendent parler de « tournantes » ou de tortures per-
pétrées par des adolescents, beaucoup de gens en
effet pensent : « Ce sont des monstres. » Avec l'idée
– implicite mais très fortement ancrée – qu'ils sont
sûrement nés comme ça. Or, ces adolescents ne sont
pas des monstres. Et ils ne sont pas plus « nés comme
ça » que les autres. Les actes monstrueux qu'ils
commettent sont le fait d'un manque de civilisation.
Ils se conduisent comme des sauvages parce qu'ils
n'ont pas été civilisés. Parce qu'ils n'ont pas reçu
l'éducation qui leur aurait permis de se civiliser.

C'est la raison pour laquelle Françoise Dolto proposait que l'on remplace le terme d'« éducation »
par celui d'« humanisation » qui donne à l'opération
sa véritable dimension.

L'éducation, c'est ce qui permet à l'enfant de devenir véritablement « humain ». On ne peut pas devenir humain sans éducation.

*H.M. : Ça veut dire qu'un enfant, quand il naît, ne
serait pas vraiment un humain ?*

C.H. : Il est un humain, bien sûr. Mais un humain en
devenir. C'est-à-dire un humain qu'il faut humaniser.
L'enfant vient au monde avec un potentiel d'« humanité ». Mais ce potentiel ne peut se développer que
s'il bénéficie de l'« éducation-humanisation » de ses
aînés.

H.M. : Il y a un grand débat à l'heure actuelle sur l'inné et l'acquis. Vous voulez dire que, sans l'acquis, l'humain serait sauvage ?

C.H. : Un enfant, quand il naît, est un être de langage. C'est-à-dire qu'il est accessible dès sa première seconde à la parole. Même si, évidemment, il ne peut pas encore parler lui-même. Et c'est une différence fondamentale avec l'animal. Un bébé chat ou un bébé chien, vous pouvez leur parler si cela vous fait plaisir (en général, c'est assez plaisant…). Mais ça ne leur fait ni chaud ni froid, et surtout ça ne change rien à leur vie. Un nourrisson, si vous lui parlez, comprend. On ne sait pas comment il comprend (et Françoise Dolto le rappelait souvent). Mais il comprend. On en a la preuve en analyse. Si l'on explique à un bébé les raisons pour lesquelles il est angoissé (raisons que l'on a découvertes en travaillant avec ses parents), il cesse de l'être. Ce qui prouve qu'il a compris ce qu'on lui disait. Même si, encore une fois, la façon dont il le comprend reste pour nous un mystère.

Donc l'enfant est un être de langage. Mais, bien qu'étant un être de langage, son fonctionnement n'est pas, au début de sa vie, foncièrement différent de celui d'un petit animal. Parce qu'il est entièrement dominé par ce que nous appelons le « pulsionnel ». Il veut quelque chose, il le prend. Il a envie de frapper, il frappe, etc. Il est habité par des envies qui le poussent (dans « pulsionnel », il y a l'idée de poussée) à des actes. Des actes irraisonnés et donc potentiellement asociaux et violents. Et ces envies sont irrépressibles. Il doit absolument les satisfaire. C'est, comme on dit, « plus fort que lui ». Et elles sont d'autant plus irrépressibles qu'il est également dominé par ce que Freud appelle le « principe de plaisir ». Son seul but est d'obtenir, le plus vite possible et par n'importe quel moyen, le plus de plaisir possible (tout ! tout de suite !).

Face à cette soif inextinguible de plaisir, évidemment, aucune réalité ne compte. Quelle qu'elle soit, il faut qu'elle ploie devant lui. Et cela explique les conduites de l'enfant petit. Un autre enfant se trouve sur son chemin ? Il fonce sur lui et le fait tomber. Le jouet de son copain lui semble plus beau que le sien ? Il le lui arrache des mains, etc.

Tous les parents et tous les professionnels qui s'occupent de jeunes enfants connaissent cette sauvagerie. Sauvagerie très ordinaire et – on ne le répétera jamais assez – très normale[1] tant que l'enfant n'est pas éduqué. D'autant plus normale que l'enfant est également empreint d'un sentiment aigu de sa toute-puissance.

Il se considère comme le roi du monde et n'envisage pas un seul instant que qui que ce soit puisse

---

1. Contrairement à ce que prétendait l'INSERM. Dans une « expertise » récente (contre laquelle des milliers de parents et de professionnels se sont élevés), cet organisme en effet faisait relever ces agissements de l'enfant petit de la pathologie. Il les dénommait « troubles de conduite » et prétendait que les enfants qui en étaient atteints pourraient devenir plus tard violeurs, délinquants, etc.

s'opposer à sa volonté. Si l'on contrarie son bon vouloir (en lui refusant ce qu'il convoite, par exemple), il hurle. Parce que cette atteinte à sa majesté le rend fou de colère et, en même temps, le désespère. Parce que, si on ne la lui explique pas, elle lui semble totalement incompréhensible, et parfaitement injuste.

L'enfant petit est donc à mille lieues de la vie civilisée, puisque, dans l'univers qui est le sien, il ne peut y avoir de place – parce qu'ils mettraient une limite à sa toute-puissance et à son bon plaisir – pour les deux éléments qui caractérisent une société civilisée : le respect de l'existence de l'autre et celui des règles de vie.

Il faut bien comprendre cela. Ce n'est qu'une fois qu'on l'a compris que l'on peut prendre la mesure du travail colossal qu'il faut accomplir pour changer ce fonctionnement initial de l'enfant.

H.M. : Ce travail colossal, c'est le travail d'éducation que les parents doivent faire ?

C.H. : Je veux effectivement parler du travail d'éducation. Mais ce travail n'est pas le fait des seuls parents. Il implique un travail de l'enfant lui-même. Cela aussi, il est essentiel de le comprendre. L'éducation met en jeu les deux parties : les parents et l'enfant. Et elle demande aux deux beaucoup d'efforts.

H.M. : C'est important, ce que vous dites. Parce que, de façon générale, on pense que ce sont les parents qui éduquent l'enfant, que ce sont eux qui font le travail.

C.H. : C'est vrai. Mais l'enfant participe à part entière à l'opération. Et c'est, si l'on peut dire, un sacré boulot pour lui. Un boulot dont – votre question le prouve – on n'explique pas suffisamment la nature et l'importance.

L'enfant est acteur de son éducation. Parce que ses parents n'ont pas le pouvoir de le transformer (à la façon par exemple dont ils peuvent, en le nettoyant, changer un objet sale en objet propre). Ils n'ont pas ce pouvoir, parce que personne ne peut changer de l'extérieur un être humain. On peut toujours obliger par la force un homme, une femme ou un enfant à modifier son comportement, mais on ne peut pas l'obliger à vouloir, à l'intérieur de lui-même, ce changement. Et heureusement ! Parce que le contraire signifierait que l'on peut transformer un humain en robot.

La tâche des parents consiste donc à opposer au fonctionnement pulsionnel initial de l'enfant les interdits de toute société civilisée (on n'agresse pas, on ne tue pas, on ne vole pas, etc.). Et à le faire, je l'ai dit, avec suffisamment de fermeté pour qu'il sente bien que ces limites sont infranchissables (et qu'ils ne le laisseront pas les franchir). Leur travail est de le confronter à la nécessité de changer. C'est-à-dire de l'obliger à prendre acte que la façon dont il vivait jusque-là n'est pas possible. Parce qu'elle est incompatible avec une vie en société. Et, encore une fois, cela ne peut se faire sans autorité. Parce que l'enfant n'est pas prêt à abandonner de bon gré un fonctionnement qui le satisfait. Mais une fois qu'il a admis (parce qu'il y est contraint) cette impossibilité, c'est lui et lui seul qui peut, comme on dit, « changer son fusil d'épaule ». Ses parents peuvent – et doivent – l'accompagner et le soutenir dans le trajet qu'il lui faut accomplir pour se transformer. Mais ils ne peuvent pas faire ce trajet à sa place.

H.M. : Et « changer son fusil d'épaule », pour l'enfant, ça consiste en quoi ?

C.H. : Ça consiste à opérer sur lui une transformation progressive mais énorme parce qu'il va lui falloir abandonner la toute-puissance et le principe de plaisir et en passer par la loi commune. C'est-à-dire accepter les règles de vie qu'on lui enseigne.

C'est donc à la fois un travail de compréhension, un renoncement à des choses auxquelles il tenait et une volonté de maîtrise progressive de lui-même. C'est-à-dire un cheminement qui exige de lui des efforts gigantesques. Tellement gigantesques que, comparés à eux, les tourments du fumeur invétéré qui s'acharne à se défaire de sa dépendance ressemblent à une plaisanterie. Alors même que l'on sait à quel point ils sont redoutables !

C'est vraiment terrible pour un enfant de faire ce chemin !

H.M. : C'est vrai que, pris dans nos propres difficultés, on ne réalise pas que c'est aussi dur pour lui...

C.H. : On le réalise d'autant moins que c'est une dimension de l'éducation qui, dans ce que j'appelle l'« avant-Dolto », n'était pas du tout prise en compte. Et ne pouvait pas l'être, puisque l'on ignorait la complexité du psychisme de l'enfant, et la complexité du travail qu'il avait à faire pour se civiliser. Cette ignorance n'était pas sans conséquences. Elle conduisait inéluctablement à considérer comme une « mauvaise tête » l'enfant qui refusait d'obéir, et à assimiler son refus d'obéissance à de la mauvaise volonté. Une mauvaise volonté que l'on s'acharnait à briser par la contrainte et la force. On n'envisageait pas que le refus d'obéir puisse être lié à une incompréhension, à une souffrance. Or c'est toujours le cas. Un enfant insupportable est toujours un enfant en difficulté. Il faut essayer de trouver en l'écoutant ainsi que ses parents (car tout se joue toujours dans une interaction avec eux) où se situent ses difficultés. Et je précise que l'« écouter » ne signifie pas, comme le croient certains parents, lui céder, en pensant que respecter les règles serait trop dur pour lui. Au contraire. Il s'agit de comprendre pourquoi il n'y arrive pas et de l'aider à y arriver. Car tout enfant peut et doit y arriver. C'est la condition *sine qua non* d'un développement normal.

H.M. : Comment l'aider à y arriver ?

C.H. : Si les parents comprennent combien il lui est difficile de se soumettre aux règles de vie, ils vont pouvoir (tout en maintenant fermement les limites) lui manifester de la compréhension, de la compassion. On peut très bien dire à un enfant : « Il n'est pas possible que tu continues à hurler, à te rouler par terre et à tout casser chaque fois que l'on te refuse quelque chose. Parce que personne ne se conduit comme ça. Et je t'empêcherai de le faire. » Et dire en même temps : « Mais je sais que c'est dur pour toi d'agir autrement. »

Une parole de cet ordre est un soutien pour lui. Elle n'agit évidemment pas comme une formule magique qui réglerait tout d'un seul coup. Mais elle l'aide à se sentir compris, reconnu dans sa souffrance. Et aussi aimé. Car un enfant petit peut très bien croire que, si on lui impose un désagrément, c'est parce qu'on ne l'aime pas. Ce type de parole permet aussi de lui expliquer que la souffrance qu'il éprouve ne lui est pas particulière. Que tous les êtres doivent l'affronter, qu'elle est le lot commun. Et en même temps de l'assurer qu'il y a, au bout du tunnel qu'il est en train de traverser, un avenir. Ses efforts ne seront pas vains. Ils vont lui donner accès à des choses essentielles, qui lui feront plaisir : un statut de « grand », avec la fierté qu'il aura à l'être (« ce sont les bébés qui font des colères ») ; la possibilité de vivre en paix avec les autres et d'être considéré par eux comme quelqu'un de bien, etc.

H.M. : En fait, le meilleur service que ce livre peut rendre aux parents est de leur expliquer le fonctionnement de l'enfant. C'est cette dimension dont on ne parle jamais.

C.H. : Absolument. On peut même dire que comprendre la part active et déterminante que prend l'enfant à son éducation permet de donner à l'autorité parentale un tout autre sens.

Parce que, dans cette perspective, elle n'est en rien un moyen dont les parents usent pour opprimer leur enfant. Elle n'est pas une arme contre sa personne, puisqu'elle ne s'exerce pas contre lui mais contre le pulsionnel en lui. Pulsionnel contre lequel lui-même (parce qu'il y est obligé par le « cadrage » de ses parents) se bat. Elle n'est donc pas une violence qui lui est faite mais une aide qui lui est apportée dans son combat.

H.M. : Son combat contre quoi ? Contre la sauvagerie ?

C.H. : Contre la sauvagerie. C'est l'autorité de ses parents, c'est-à-dire le « non » ferme et définitif qu'ils lui opposent chaque fois que sa « sauvagerie » se manifeste, qui permet à l'enfant de commencer son combat intérieur pour se civiliser. Il ne peut pas l'entreprendre sans elle. Il lui est impossible, je l'ai dit, de décider de lui-même d'abandonner un fonctionnement qui lui procure du plaisir ; un plaisir d'autant plus précieux pour lui qu'il n'en connaît pas d'autre. Il ne peut le faire que si ses parents le lui imposent. Et, une fois le combat commencé, l'autorité de ses parents le soutient. Parce que c'est sur elle que, chaque fois qu'il pourrait flancher, il s'appuie pour continuer à avancer. Parce qu'il sait qu'ils ne le laisseront pas reculer.

Mais évidemment l'enfant est, par rapport à tout cela, ambivalent. Une partie de lui aimerait bien que ses parents lui cèdent. Par exemple, le laissent manger jusqu'au dernier les bonbons du paquet. Mais en même temps il a besoin qu'ils tiennent bon. Notamment parce que, s'ils cèdent, ils le placent – et l'enfant inconsciemment le sent – devant un univers sans limites (un paquet de bonbons, c'était bon, alors pourquoi pas un deuxième ? puis un troisième ? etc.).

Or un univers sans limites est la chose la plus angoissante du monde. Et on en a la preuve. Car les enfants qui n'ont pas eu de limites deviennent souvent des adultes qui remplissent leur vie d'interdits. Ces interdits fonctionnent comme des balises qui leur permettent d'échapper à un vide dont ils fantasment qu'il pourrait les happer. Ils mettent des balises partout parce qu'ils n'ont pas eu, quand il l'aurait fallu, celles dont ils auraient eu besoin. Un monde sans interdits (c'est-à-dire sans interdits garantis par l'autorité de ses parents) est pour l'enfant l'équivalent d'un pays sans noms de villes, sans cartes routières, sans indications sur les routes. C'est l'angoisse, une angoisse que l'on retrouve d'ailleurs dans certains cauchemars.

Donc l'autorité parentale est pour l'enfant une aide. Mais une aide momentanée. Un soutien dont il pourra se passer ou dont, en tout cas, il n'aura plus besoin de la même façon lorsqu'il sera devenu capable de se contrôler lui-même.

H.M. : Certains parents sont à l'inverse trop autoritaires et font régner la terreur. Quels sont les risques pour le développement de l'enfant?

C.H. : Ils sont nombreux. Parce que l'éducation qui oublie que c'est l'enfant lui-même qui se transforme fonctionne en fait comme un carcan dans lequel on va essayer de l'emprisonner. Le problème est le même que pour le corps. Si un enfant par exemple agite frénétiquement ses bras et ses jambes, il y a deux solutions. Soit vous essayez de comprendre, et surtout de l'aider à comprendre, les raisons pour lesquelles il le fait tout en lui expliquant qu'il faut qu'il arrête, parce que c'est difficile pour les autres et pour lui qu'il se conduise de cette façon. Et ça va très probablement lui permettre de se calmer. Soit vous employez la « manière forte » et vous vous saisissez d'une corde pour l'attacher. Dans le deuxième cas, vous allez obtenir très vite une immobilité, mais elle ne sera qu'une apparence d'immobilité. Si vous détachez l'enfant, son agitation va reprendre. Parce qu'il aura été mis seulement dans l'impossibilité de bouger. Et n'aura pas eu la latitude de décider lui-même de rester tranquille.

Les éducations-carcans produisent des effets de cet ordre. Elles contiennent l'agressivité et la sauvagerie de l'enfant et les empêchent de s'exprimer. Mais elles ne les modifient en rien. Donc le jour où le carcan ne tient plus (à l'adolescence par exemple et parfois même bien avant), elles explosent. Et ça fait en général beaucoup de dégâts.

C'est pour cela que, quand on connaît un tant soit peu la façon dont fonctionnent les enfants, on ne peut pas adhérer au « tout-répressif » en matière d'éducation. Pas seulement parce que cette idéologie est profondément rétrograde et éthiquement condamnable. Mais parce qu'elle est vouée à l'échec. On ne dresse pas un être humain.

Qu'est-ce que les parents doivent apprendre à l'enfant pour qu'il devienne civilisé ? Devenir civilisé, ça consiste en quoi ?

H.M. : Vous avez dit qu'entre l'adolescent civilisé et celui qui ne l'avait pas été il y avait un océan. C'est très abstrait cette notion de « civilisation ». Concrètement, être civilisé, ça consiste en quoi ?

C.H. : C'est évidemment très complexe. Mais ce n'est pas nébuleux pour autant. Au contraire. Il est possible de résumer l'idée de « civilisation », d'« humanisation » telle que nous l'évoquons ici en un certain nombre de principes. C'est un peu artificiel bien sûr, et forcément réducteur, mais c'est essentiel pour les parents, parce que, une fois qu'ils ont ces principes en tête, ils peuvent les utiliser comme repères dans quasiment toutes les situations de la vie quotidienne.

Premier principe : Dans une société civilisée, on peut tout penser et tout dire mais on ne peut pas tout faire (même si l'on en a très envie). Parce que l'on doit tenir compte des autres, auxquels on n'a pas le droit de faire du mal. On ne peut pas les agresser. On ne peut pas les faire souffrir et encore moins les tuer ; et on ne peut pas porter atteinte à leurs biens. C'est interdit et puni par la loi. Traduction immédiate dans la vie de l'enfant : on ne règle pas ses différends avec ses copains à coups de pied et de poing mais en parlant. Et il n'est pas question de s'approprier leurs jouets, même si on les convoite. Autrement dit le camion bleu de Pierre est indubitablement d'une exceptionnelle beauté. Mais il est à Pierre et doit le rester.

Deuxième principe : On ne peut pas tout avoir. Même si l'on est une grande personne. Même si l'on est très puissant. L'homme le plus riche du monde lui-même ne peut pas posséder la terre entière… Traduction : tes parents ne peuvent pas avoir toutes les voitures (les maisons, etc.) dont ils rêvent. Et ils ne peuvent pas plus t'acheter tous les bonbons du magasin. C'est dur, pour eux comme pour toi. Mais c'est la vie !

Troisième principe : Chez les humains, la sexualité est soumise à des règles :

– elle est interdite entre adultes et enfants et entre membres de la même famille ;

– elle ne peut exister qu'entre partenaires consentants (pas question de se mettre à trois pour entraîner la petite Sophie dans les toilettes et lui baisser sa culotte…) ;

– et – cette règle est elle aussi importante – ce qui concerne le sexe doit toujours se passer en privé et jamais en public. La masturbation par exemple n'est pas interdite. Chacun fait ce qu'il veut de son corps. On a donc le droit de toucher son sexe quand on en a envie. Mais on doit le faire dans sa chambre à l'abri des regards. On ne met pas sa main dans son pantalon ou sa culotte devant tout le monde, dans la cuisine ou la salle à manger.

Quatrième principe : Si l'on veut réussir ce que l'on entreprend, il y a toujours un prix à payer parce qu'on ne réussit jamais sans effort. Il ne s'agit pas d'un principe moral, mais d'une nécessité imposée par la réalité. Si l'on veut mettre son manteau, il ne sert à rien de l'appeler pour qu'il vienne. Il faut aller le chercher... Si l'on veut apprendre à lacer ses chaussures, il faut s'entraîner ; supporter d'échouer et recommencer. Parce que ça ne marche jamais du premier coup. Pour personne. Et il en va de même du travail scolaire. Ça aussi, c'est la vie !

Outre ces quatre principes qui structurent – pas seulement pour les enfants mais aussi pour chacun d'entre nous – le monde, l'enfant doit apprendre et comprendre quelle est sa place. C'est fondamental.

Sa place d'enfant par rapport aux adultes

Il est un être qui compte, un être dont la parole compte. Et il a une valeur. Mais il n'est pas un adulte. Il n'est donc pas autorisé à faire tout ce que font les adultes. Et ce sont eux qui « commandent ». Sans avoir pour autant tous les droits, il faut que l'enfant le sache. Mais ils doivent le protéger (y compris contre lui-même), et lui apprendre tout ce qu'il doit savoir pour devenir plus tard, à son tour, un adulte. C'est leur travail de grandes personnes. « Si ta mère t'empêche de jouer avec les couteaux de cuisine, ce n'est pas parce qu'elle ne t'aime pas. C'est parce que tu es encore trop petit pour pouvoir les utiliser et que tu risquerais de te blesser. »

Sa place dans la famille

L'enfant a, dans sa famille, une place à part entière. Il n'est pas un paquet que l'on traîne, sans lui parler, en promenade, à l'école ou à la plage. On s'enquiert de ses désirs. On lui demande, jour après jour, son avis sur ce qui le concerne. Même et surtout quand il s'agit de petites choses : le nombre de cuillers de purée qu'il veut qu'on lui serve, la couleur des vêtements que l'on achète avec lui par exemple. Mais il n'est pour autant ni le centre du monde, ni celui de la famille. Autrement dit : il a une place, mais il n'a pas toute la place. Ses parents en effet ne sont pas seulement des parents. Ils sont aussi un couple. C'est-à-dire des amoureux. Ils étaient des amoureux bien avant qu'il naisse et c'est d'ailleurs parce qu'ils s'aimaient qu'il est né. Il doit donc respecter leur vie d'amoureux. Ils s'occupent de lui, parlent avec lui, jouent avec lui et l'aident aussi souvent que c'est nécessaire. Mais ils ont besoin de moments sans lui. Il est donc clair que, une fois qu'il est couché, les soirées leur appartiennent. Et qu'il n'a pas à se relever dix fois (alors qu'il n'est pas malade et n'a aucun problème) pour venir sous des prétextes divers les retrouver. Chacun sa vie !

Sa place par rapport à l'interdit de l'inceste

Fils ou fille de son père et de sa mère, l'enfant ne peut prétendre être son mari ou sa femme, pas plus qu'il ne peut envisager d'être celui ou celle de ses frères et sœurs, cousins, grands-parents, oncles et tantes, etc.

Et il faut bien comprendre que cet interdit de l'inceste qui paraît souvent aux parents très théorique et très abstrait ne l'est en fait pas du tout. Il a dans la vie courante des conséquences très précises. Il implique d'expliquer clairement à l'enfant d'une part que les jeux sexuels, s'ils sont autorisés avec les autres enfants[1], ne le sont pas entre frères et sœurs. Et d'autre part que la chambre et surtout le lit de ses parents sont le lieu de leur vie de couple, de leur vie privée. Il n'a, de ce fait, rien à y faire.

On ne dort pas avec ses parents. On ne partage pas le lit de papa ou de maman, même si, pour une nuit ou pour plus longtemps (à la suite d'un divorce par exemple), ils dorment seuls. « La place à côté de ton père (ou de ta mère) est pour l'instant inoccupée. Mais elle n'est pas pour autant la tienne. Elle reste, même vide, celle d'une compagne (ou d'un compagnon) de sa génération. »

---

1. À condition toutefois de respecter trois conditions : que les partenaires soient du même âge, qu'ils soient consentants et que les jeux n'aient pas lieu en public.

H.M. : Quand l'enfant a intégré ces principes et compris quelle est sa place, on peut considérer qu'il est devenu civilisé ?

C.H. : Ce n'est pas si simple. Il faut bien comprendre que tout cela ne se fait pas en un jour. Aider un enfant à s'humaniser, le guider vers la civilisation est un travail de longue haleine. Parce que l'entreprise ne met pas seulement en jeu pour lui l'intellect. Elle concerne aussi son corps, sa sensibilité, ses émotions. Elle est donc bien trop complexe pour que l'on puisse rêver d'énoncer les interdits une fois pour toutes, en comptant qu'ils seront dès lors inscrits définitivement dans la tête de l'enfant comme la devise de la République au fronton des mairies. Les interdits ne sont jamais assimilés d'un seul coup et pour toujours. Il faut qu'ils soient maintes fois répétés et surtout maintes fois maintenus. Et ce, aux différents âges de l'enfant. Parce qu'il a besoin quand il grandit de les intégrer au nouveau niveau de développement qu'il a atteint. Cette répétition est essentielle. C'est en se heurtant jour après jour dans le plus quotidien de sa vie aux « sens interdits » que ses parents opposent à son « fonctionnement naturel » qu'il découvre peu à peu qu'il vit dans un monde régi par des règles, dans un monde qui n'est pas une jungle où, tel un animal en liberté, chacun pourrait agir selon son inspiration du moment.

La rencontre permanente avec les mêmes limites l'amène à intérioriser ces limites, à s'en imprégner.

À se construire « dans » ces limites. Cette « imprégnation » le contraint à modifier progressivement son fonctionnement intérieur. Et ce n'est qu'une fois ce fonctionnement modifié, que l'on pourra le dire véritablement civilisé.

H.M. : Les parents qui se plaignent en disant « il faut toujours tout lui redire dix fois » ont donc tort de se plaindre ? C'est normal d'avoir à répéter ?

C.H. : Pas du tout. Ils ont raison de se plaindre. Parce qu'il ne s'agit pas de la même répétition. Celle dont je vous parle est en rapport avec ce que dit la sagesse populaire quand elle affirme : « Chassez le naturel, il revient au galop. » Elle concerne des enfants qui ont, parce que leurs parents les ont toujours fermement maintenues, intégré globalement les limites, mais qui sont néanmoins susceptibles de les dépasser. D'une part parce que la transgression garde toujours un grand pouvoir de séduction. D'autre part parce que certains événements peuvent faire sortir un enfant (comme un adulte d'ailleurs) de ses gonds. Et donc du cadre délimité par des interdits que, par ailleurs, il respecte.

Résister, dans une cour de récréation, aux provocations d'un autre n'est jamais, par exemple, chose aisée…

La répétition que vous évoquez, et dont se plaignent à juste titre beaucoup de parents, est d'un tout autre ordre. Elle porte sur l'apprentissage même des limites. Elle est le fait d'enfants qui refusent ces limites, ce qui est normal puisque, je l'ai dit, elles les dérangent, mais qui n'ont pas, face à eux, une autorité parentale suffisante pour les obliger à céder. Donc ça s'éternise : « Ne fais pas ça ! », « Arrête ! », « Mais je t'ai dit d'arrêter ! », « Mais pourquoi tu n'arrêtes pas ? », etc. Et l'enfant continue. Parce qu'il attend une fermeté qui ne vient pas.

Ces répétitions-là sont le symptôme d'un manque d'autorité des parents. Si un enfant sent qu'un adulte est vraiment décidé à ce qu'il respecte une limite et qu'il ne parviendra pas à le faire changer d'avis parce que cet adulte est persuadé de l'importance de cette limite et convaincu de son bon droit, il finit par obéir.

Et de limite rencontrée en limite rencontrée, il est obligé de changer son fonctionnement.

H.M. : Vous avez dit que ce changement intérieur de l'enfant était très important. Est-ce que vous pourriez préciser en quoi il consiste ?

C.H. : Il s'agit pour l'enfant d'une modification radicale.

Elle porte d'abord sur le « principe de plaisir » – le fameux « je veux tout, par n'importe quel moyen et tout de suite » – auquel il doit progressivement renoncer alors qu'il dirigeait jusque-là sa vie.

« Tout », en effet, en fonction des principes énoncés plus haut, n'est pas possible. (On ne peut pas tout faire, tout avoir, etc.) Et ses parents vont avoir maintes occasions de le lui signifier. Non par de grands discours, mais en lui expliquant que telle ou telle de ses demandes ne peut être satisfaite et pourquoi.

« Par n'importe quel moyen » est également inconcevable. Car, de même que certains désirs ne sont pas – du fait des lois humaines – réalisables, de même certains moyens d'obtenir satisfaction sont prohibés. On peut avoir envie que son petit frère s'arrête de pleurer. Il n'est pas question de lui taper sur la tête pour obtenir le silence.

Quant au « tout de suite », il faut également que l'enfant s'en détache. La vie réelle impose sans cesse des délais, des attentes. Il l'ignorait. Il va le découvrir. Et cette découverte n'est pas évidente pour lui. Car au début de son existence, l'enfant vit dans la « pensée magique ». C'est-à-dire dans la croyance que, magiquement et à la vitesse de l'éclair, les pensées peuvent générer des actes. Ses parents vont peu à peu le détromper. Là encore, à partir des gestes simples de la vie quotidienne : « Tu voudrais que ton bifteck soit déjà dans ton assiette ; mais il faut lui laisser le temps de cuire », « L'autobus n'est pas un tapis volant. Il ne va pas nous amener dans l'instant à la maison. Il faut attendre un peu », etc. Penser et faire sont deux choses bien différentes...

Le changement intérieur de l'enfant porte ensuite sur son sentiment de toute-puissance. Contraint de se heurter en permanence à la fois à l'autorité de ses parents et aux réalités de l'existence, il est bien obligé de constater qu'il n'est peut-être pas, comme il le croyait, le maître de l'univers.

Il porte enfin sur son rapport au « pulsionnel ». Au niveau des actes d'abord. Si ses parents l'éduquent, il ne peut plus comme auparavant frapper ou prendre au seul motif qu'il en a envie. Il doit désormais réfléchir (est-ce que c'est permis ou non ?). Réfréner ses envies, différer ses actes, et, dans certains cas, y renoncer.

Cette nécessité de suspendre ses actes le fait évidemment avancer vers la civilisation, mais elle a pour lui une autre conséquence très importante puisqu'elle va le conduire à maîtriser progressivement son corps. Et particulièrement ses bras et ses jambes qui fonctionnaient jusque-là dans l'immédiateté. « Tu touches mon jouet ? bing ! je te frappe ! » – réaction si soudaine que personne n'a le temps d'intervenir. À partir du moment où l'enfant se met en position de réfléchir, même *a minima*, avant d'agir, il commence à se contrôler. Et il est important, à ce moment-là, que ses parents l'aident, en lui expliquant que c'est lui qui « commande » son corps, ce qu'il ignore quand il est petit ; que sa main, par exemple, n'est pas plus forte que lui ; que s'il décide de l'empêcher de gifler ou de griffer, elle ne pourra pas le faire…

Cette prise de conscience progressive du pouvoir qu'il a sur son corps est très importante pour l'enfant car elle lui permet d'acquérir peu à peu une conscience de sa responsabilité, et elle est tout aussi importante pour son développement moteur. Or, il ne peut l'acquérir que s'il vit dans un univers balisé par des limites. Et on le constate régulièrement en consultation. Notamment à propos de petits patients que leur entourage, l'école, etc., qualifient d'« agités », et que, ne tenant compte que de leurs symptômes, on a généralement envoyés en « psychomotricité[1] » avant de les orienter vers un psychanalyste. Lorsque, la première prise en charge ayant échoué, celui-ci les reçoit, il peut en général se rendre compte très vite que le problème ne se situe pas, comme on le croyait, dans leur corps mais plutôt « dans leur tête ».

Leur agitation peut avoir pour cause une angoisse (qui, faute de pouvoir être formulée, s'exprime par le corps), angoisse liée à des événements survenus dans leur propre histoire ou dans celle de leurs parents ; à ce qu'ils représentent inconsciemment pour eux, etc.

Mais ils peuvent aussi – c'est de plus en plus fréquent – avoir un comportement désordonné parce qu'on ne leur a pas (ou pas suffisamment) donné les limites qui leur auraient permis de comprendre l'ordre du monde. Ils ne tiennent pas en place parce que rien autour d'eux n'est en place. Et que leurs parents, sans le vouloir ni le savoir, ne tiennent pas vraiment leur place, puisqu'ils ne les remettent pas, quand il le faudrait, « à leur place » (d'enfant, d'humain qui ne peut pas faire n'importe quoi, etc.).

---

1. Quand on ne les a pas bourrés de médicaments...

Lorsque, grâce au travail thérapeutique effectué avec eux et leurs géniteurs, la barre est redressée, ils s'apaisent. Et se révèlent alors capables de tenir en place, sans – faut-il le préciser ? – avoir besoin pour cela du moindre médicament. Cette stabilité nouvelle leur permet de faire la paix avec leurs semblables, et surtout d'acquérir une sécurité intérieure et une confiance en eux-mêmes dont ils étaient jusque-là dépourvus. Preuve – s'il en fallait encore une – que l'éducation et l'autorité parentales sont pour l'enfant un « contenant » à partir duquel il peut apprendre pour son plus grand profit et celui des autres à « contenir » son impulsivité et son agressivité.

Mais l'opération « pulsion » va plus loin. Les parents qui ont, par leurs interdits, permis à l'enfant de canaliser un pulsionnel qui l'aurait, sans leur intervention, condamné à la sauvagerie, vont l'aider à avancer plus encore. Grâce à eux, il ne va pas seulement contenir ses pulsions, il va en modifier le but.

H.M. : Modifier le but d'une pulsion, ça consiste en quoi ?

C.H. : Ça consiste à permettre à la pulsion de se satisfaire d'une façon qui ne soit pas interdite mais au contraire socialement admise. Je m'explique.

Un des problèmes principaux de l'entreprise de « civilisation » dont nous parlons, ce sont les pulsions de destruction, les pulsions agressives, sadiques, etc.,

qui existent chez tout individu. Et qui sont susceptibles d'hypothéquer gravement sa socialisation.
Parce qu'elles peuvent le pousser à des actes into-
lérables et qui ne seront pas tolérés. Or il faut bien
comprendre que ces pulsions sont indéracinables.
On ne peut pas enlever à un être humain ses envies
d'agresser, de faire souffrir, de tuer. La facilité
avec laquelle il peut devenir tortionnaire quand les
circonstances s'y prêtent (en temps de guerre par
exemple) est là pour le prouver. Le but de l'éducation
n'est donc pas de les extirper de l'enfant, mais de lui
donner les moyens d'opérer en lui les transformations
intérieures qui lui permettront de ne pas les laisser se
manifester par des actes. Il faut l'aider à construire en
lui des barrières, des digues capables de faire barrage
à la réalisation brutale de ces pulsions.

Ces barrières sont de deux types :

Premier type, il faut d'abord qu'il parvienne à une
conception humanisée du monde. Et cela suppose
qu'il intègre trois notions essentielles :

1) la valeur particulière de la vie humaine ;

2) la valeur de l'existence de l'autre (et de sa souffrance possible) – les deux ne lui étant accessibles
que si ceux qui l'entourent le respectent. Car on voit
mal comment un enfant violenté lui-même ou spec-
tateur de violences faites à d'autres pourrait avoir la
moindre idée de la dignité humaine ;

3) et il faut enfin que l'enfant comprenne le sens de
la loi. C'est-à-dire réalise que, loin de n'être qu'une
source de frustrations, elle protège sa vie, celle des
autres, leur humanité et la sienne.

L'acquisition de ces trois notions met en jeu, c'est évident, la capacité des parents à expliquer le monde et l'exemple de vie qu'ils donnent (nous aurons certainement l'occasion d'y revenir). Elle est d'une importance primordiale, mais reste néanmoins insuffisante.

Il faut donc un deuxième type de barrière. Pour ne plus se conduire comme un sauvage en effet, il ne suffit pas de savoir que la sauvagerie est interdite, il faut qu'elle n'ait plus d'intérêt pour soi ; qu'elle ne procure plus de plaisir. Voire qu'elle soit devenue un facteur de dégoût. On l'entend très souvent en justice : tel garçon n'a pas participé à une « tournante » alors que tous ses copains l'ont fait. Non pas pour des raisons morales (on s'en rend compte quand il en parle), mais parce que des barrières intérieures l'ont empêché soit de trouver cela excitant, soit *a minima* de se laisser aller à l'excitation que lui procurait la scène.

H.M. : Peut-on dire que celui-là a été civilisé et les autres non ?

C.H. : On peut effectivement parler dans ce cas de civilisation. Elle tient à cette modification du but de la pulsion, que j'ai évoquée. Reprenons un exemple que j'ai donné ailleurs[1].

---

1. Claude Halmos, *Pourquoi l'amour ne suffit pas*, NiL éditions, 2006.

Un enfant de trois ans veut savoir comment est fait son poisson rouge, ce qu'il a dans le ventre. Si cet enfant est livré à lui-même, son premier mouvement peut être de sortir l'animal du bocal et d'essayer de le couper en deux. Attitude des plus logiques puisque, chaque fois qu'il veut explorer l'intérieur d'un jouet, il le démonte. Pourquoi pas le poisson ? Le rôle des parents est dans ce cas de l'empêcher de mener à bien ce projet, en lui expliquant que l'animal souffrirait et mourrait. Ce que l'enfant ignore. Mais ils ne peuvent pas s'en tenir là. Parce que, s'ils se contentent d'interdire à l'enfant la réalisation de son désir, il en restera au même point. Et se précipitera sur le poisson dès qu'ils auront le dos tourné.

Il faut qu'ils lui proposent une autre façon de satisfaire ce désir. Une façon qui, contrairement à celle que lui avait dictée son premier mouvement, soit, elle, civilisée. Ce peut être de lire avec lui un livre sur les poissons, dans lequel il trouvera la réponse à toutes les questions qu'il se pose, le visionnage d'un DVD, etc.

De cette façon, la pulsion de l'enfant restera intacte mais son mode de réalisation deviendra civilisé.

H.M. : Même s'il comprend que c'est mieux, j'ai du mal à croire que ça va marcher. C'est plus rigolo d'ouvrir le poisson.

C.H. : Ce n'est pas seulement qu'il comprend que c'est mieux. Cette compréhension ne suffirait pas à l'arrêter. Et c'est normal. Vous comme moi par exemple savons très bien que ce serait mieux de ne pas manger de chocolat, mais si nous en avons trop envie, nous en mangeons quand même. Parce que, face au désir, la raison seule fait rarement le poids.

Non. Ce qui permet à l'enfant de passer définitivement du couteau à découper au DVD, c'est le plaisir. Le plaisir qu'il va trouver à regarder ce DVD. Pour que l'opération réussisse, il faut en effet que le plaisir qu'il éprouve à regarder le livre ou le DVD soit tel que l'idée de massacrer l'animal n'ait plus aucun intérêt pour lui. La démarche suppose l'accompagnement des parents parce que le plaisir de la lecture, de la découverte, aucun enfant ne le trouvera si on le laisse seul face à un livre ou à un écran. Le bonheur de la connaissance demande une initiation. Elle implique de la part de l'adulte un don, un partage avec l'enfant. Nous avons tous des souvenirs de gens qui dans notre enfance nous ont ouvert des mondes que nous ignorions et que nous n'aurions jamais trouvés seuls. Des proches, des enseignants, qui avaient une passion ou simplement un intérêt dans un domaine précis, et qui nous ont permis de découvrir le bonheur que ce domaine recélait. Les livres sont des coffres remplis de trésors. Si l'on permet à l'enfant de découvrir ce qu'ils contiennent – d'y trouver par exemple des images des poissons multicolores qui vivent dans les mers lointaines, ou des poissons des grandes profondeurs avec leurs têtes si étranges –, il n'a plus du tout envie de s'acharner sur le misérable poisson rouge de la maison. Parce qu'il est passé à autre chose.

Ce genre d'exemple, tiré de la vie quotidienne, montre pourquoi l'on peut dire qu'entre un enfant « civilisé » et un enfant qui ne l'a pas été, il y a un monde. L'enfant à qui l'on a fait découvrir les livres, les films (ou d'autres modes d'accès à la connaissance), va se passionner pour ce qu'on lui propose puis, sur sa lancée, élargir son champ d'intérêt. L'avenir et le monde lui sont ouverts.

Mais l'enfant que l'on aura laissé découper son poisson, ou qui, faute de mieux, parce qu'on ne lui proposait rien d'autre, aura fini par le faire, que va-t-il devenir ?

Il est possible qu'il recommence avec un deuxième animal, chez lui ou chez un copain, sans plus d'intérêt que la première fois. Parce que l'intérieur du ventre d'un poisson, c'est assez limité, ça ne débouche sur rien. Donc, condamné à ce rien, c'est dans ce rien qu'il ira chercher, désespérément, un intérêt. Ça pourra être de voir l'animal souffrir et se tortiller (efficace école de sadisme…). Ça pourra être de faire participer des copains aux réjouissances, etc.

Et d'expérience de ce genre en expérience de ce genre, on peut aller très loin, et même parfois jusqu'à l'horreur. La rubrique des « faits divers » est là pour nous le prouver.

Donc, vous voyez, l'autorité des parents – car, à chaque étape de ce que je viens de décrire il faut une autorité – n'est pas pour l'enfant, comme beaucoup de parents le craignent, un facteur d'emprisonnement. Bien au contraire. L'autorité de ses parents est ce qui lui permet de ne pas rester enfermé dans le pulsionnel, de ne pas en être prisonnier.

L'autorité parentale est certes contraignante (elle ne peut pas ne pas l'être), mais elle n'est pas aliénante. Elle est pour l'enfant un facteur de libération. Elle le libère de la répétition mortifère du pulsionnel qu'il subit inévitablement si on le laisse, faute d'éducation, à l'« état brut ». Et elle le conduit vers la civilisation, qui est autrement plus riche de bonheurs à venir que la sauvagerie…

En quoi consiste l'autorité ?

H.M. : Est-ce que vous pouvez revenir sur cette notion d'autorité ? Faire preuve d'autorité, en quoi ça consiste ?

C.H. : Je crois que si l'on veut comprendre comment faire preuve d'autorité, il faut se débarrasser de quelques mythes qui rendent toute réflexion impossible.

Le premier, c'est celui de l'« autorité naturelle ». C'est-à-dire cette croyance selon laquelle certains auraient « naturellement » de l'autorité… et d'autres pas. C'est une idée fausse et dangereuse parce qu'elle invalide les parents, en tout cas ceux qui ne réussissent pas à faire que leurs enfants tiennent compte de ce qu'ils disent. Et elle est d'autant plus dangereuse que ceux qui l'avancent la posent comme relevant de l'évidence, et se trouvent de ce fait dispensés d'expliquer ce que serait cette « nature » à laquelle ils associent l'autorité. Or la question se pose : quelle serait l'origine de cette fameuse « autorité naturelle » ? Elle serait innée ? génétique ? On aurait de l'autorité comme on a les yeux bleus ou verts? Cela n'a pas de sens. Malheureusement, beaucoup de parents le croient. Et on s'en rend compte en consultation. Car un grand nombre de ceux qui consultent parce que, disent-ils, ils n'y arrivent pas parlent, le plus souvent sans s'en rendre compte, comme s'ils étaient persuadés qu'ils n'y arriveront jamais. Ils se vivent comme s'ils avaient quelque chose en moins. Et ce sentiment est encore plus fort quand – et c'est courant – ils se trouvent confrontés à l'autorité d'un proche, quand ils voient leur enfant qui, avec eux, fait les quatre cents coups, se conduire comme un ange avec tel ami ou tel membre de la famille. Cette constatation épouvantable pour eux et totalement dénarcissisante les conforte dans l'idée que l'autorité naturelle existe bel et bien et… qu'ils en sont dépourvus. Or l'autorité naturelle, on ne le dira jamais assez, cela n'existe pas.

H.M. : Il y a quand même des gens qui s'imposent plus que d'autres. Et pas seulement dans leur famille, dans leur travail aussi…

C.H. : C'est tout à fait vrai. Certaines personnes ont une tendance plus marquée que d'autres à s'affirmer et une plus grande facilité à le faire. Mais celle-ci n'a rien de naturel. Elle est uniquement liée à leur histoire.

Si des parents considèrent leur enfant comme une personne à part entière, s'ils prennent en compte ce qu'il dit et le valorisent quand il y a lieu de le faire, il acquiert progressivement un sentiment de sa valeur, et, de ce fait, une confiance en lui-même qu'un enfant pour lequel on n'a aucune considération ne peut pas acquérir. Cette confiance en lui l'accompagnera toute sa vie, et s'imposera aux autres, sans, la plupart du temps, qu'ils s'en rendent compte. On ne pourra jamais prendre cet « enfant-devenu-adulte » pour n'importe qui. Parce que, à ses propres yeux, il ne sera jamais n'importe qui.

Il ne faut pas oublier que la rencontre avec l'autre quel qu'il soit donne toujours lieu à une sorte de rapport de forces inconscient. Chacun essaie de persuader l'autre de sa valeur, d'être reconnu par lui. Mais on ne peut convaincre un autre de sa valeur que si l'on en est convaincu soi-même. Sinon ça ne marche pas. La vie de ce point de vue est une sorte de vaste marché. Elle nous met à tout instant en position de vendre notre image à tel ou tel de nos semblables, du moins d'essayer… Or vendre son image, c'est comme vendre une voiture. Si l'on est persuadé des performances de l'engin, on a plus de chances d'y arriver que si l'on n'y croit pas.

À ce niveau, il y a – encore une fois à cause de leur histoire – de grandes inégalités entre les êtres. Et il y en a aussi dans la façon dont ils peuvent se penser « bons parents ». Parce que, dans ce domaine, l'assurance que l'on a tient aussi à ce que l'on a vécu, à la confiance en leurs capacités qu'avaient (ou non) nos propres parents, à la possibilité que ceux-ci ont eue ou non de la transmettre, etc.

Pour toutes ces raisons, certains parents sont beaucoup plus sûrs d'eux que d'autres. C'est indéniable. Et ce n'est pas sans conséquences parce que leurs enfants le sentent (et très souvent en jouent). Mais le fond du problème n'est pas là. Les parents qui doutent d'eux-mêmes peuvent très bien y remédier, ce qui leur serait impossible si l'autorité était un fait de nature.

D'ailleurs, beaucoup de ceux qui ont dû un jour, parce que leur enfant avait un problème, travailler avec un psychanalyste, racontent comment ils ont acquis dans ce travail une assurance qu'ils n'avaient pas auparavant, simplement parce qu'ils ont eu la possibilité de réfléchir à ce qui, dans leur histoire, les avait empêchés de croire en eux.

De toute façon, la personnalité du parent n'est pas le fond du problème parce que l'on peut très bien, qui que l'on soit, être capable d'autorité avec ses enfants. On peut y arriver même si l'on ne parvient pas toujours à s'imposer dans la vie, à son travail, etc., comme on le voudrait. Et j'insiste : même si l'on ne se lève pas tous les matins avec la certitude que l'on est un parent hors pair…

H.M. : Reconnaissez que si l'on doute de soi, avoir de l'autorité ce n'est pas facile !

C.H. : Je n'ai pas dit que c'était facile. J'ai dit que l'on pouvait y arriver. Ce n'est pas la même chose.

Si l'on doute de soi comme parent, on souffre, on s'interroge, on se culpabilise et très souvent même on se torture. C'est donc très douloureux à vivre. Et cette souffrance ne peut pas s'effacer d'un coup de baguette magique, tout le monde le sait. Mais elle n'empêche pas l'exercice de l'autorité. Parce que, ce qui s'impose à un enfant, ce qui fait qu'il obéit, ce ne sont pas les supposées qualités de « chef » de son parent, sa capacité à faire ployer les autres, à prendre le dessus sur eux. Heureusement. Si c'était le cas, l'éducation se réduirait à une histoire de plus fort (l'adulte) faisant rendre gorge à un plus faible (l'enfant). Or, nous l'avons vu, il ne s'agit absolument pas de cela.

Ce qui s'impose à un enfant, c'est le sentiment de légitimité qui habite son parent au moment où celui-ci lui demande d'agir ou de ne pas agir de telle ou telle façon. Or un tel sentiment n'est pas lié à l'image de lui-même que peut avoir ce parent. Il est lié à tout autre chose. Il est lié à la certitude qu'il a que ce qu'il demande à son enfant, ce qu'il réclame, ce qu'il exige de lui est juste. Et non seulement juste mais essentiel pour son développement et son accès à la civilisation.

C'est-à-dire que ce que l'on prend pour l'autorité naturelle d'un parent c'est le sentiment de légitimité qui l'anime. Sentiment qui dépend totalement de la compréhension qu'il a (ou pas) du caractère vital de l'éducation.

Et c'est là que le bât blesse.

Pour certains parents en effet, l'importance de l'éducation est une évidence. Soit parce qu'ils ont eu la chance d'avoir eux-mêmes des parents structurants qui leur ont montré le chemin et passé un jour le relais : « Vas-y ! Tu es capable maintenant d'être parent à ton tour. » Soit parce que, n'ayant reçu de leurs géniteurs aucune aide de ce type et en ayant souffert, ils ont pu grâce à leur souffrance, si l'on peut dire, mesurer l'importance des repères qu'on ne leur avait pas donnés. Ces parents-là n'ont pas été « éduqués » au sens où nous en parlons, mais ils ont le sens de l'éducation chevillé au corps, parce qu'ils ont ressenti tout au long de leur vie à quel point elle leur avait manqué.

Mais tous, malheureusement, ne sont pas dans ce cas. De nombreux parents, victimes des errances éducatives de leurs propres parents, méconnaissent (faute d'avoir fait un tel chemin) l'importance de l'éducation et donc de l'autorité. Cette méconnaissance est lourde de conséquences. Elle les condamne, quand ils sont en difficulté avec leurs enfants, à attribuer l'origine de leurs problèmes à deux causes : soit à ces enfants (en les pensant par exemple exceptionnellement difficiles, ou même anormaux), soit à eux-mêmes, en invoquant évidemment le manque d'« autorité naturelle » dont ils souffriraient. De telles situations sont courantes. Mais bien que courantes, elles sont souvent dramatiques. Parce que, si personne n'aide ces parents, ils s'enlisent. Et peuvent se retrouver très rapidement avec un enfant que tout le monde (en premier lieu l'école) va déclarer « ingérable » ou même malade. Alors qu'il aurait juste besoin qu'on lui remette fermement « les pendules à l'heure », comme on dit. Et le plus terrible, c'est que ces parents (encore une fois, si on les aidait un peu…) pourraient très bien le faire, parce qu'ils ne sont pas du tout, comme ils le croient, incapables d'autorité.

H.M. : Qu'est-ce qui vous fait dire ça ?

C.H. : J'en ai écouté beaucoup. Et quand on parle avec eux, on s'en rend compte très vite.

Ils racontent, par exemple, qu'ils n'arrivent à rien avec leur enfant. Ni à l'envoyer se coucher, ni à obtenir qu'il se lave les dents, qu'il fasse ses devoirs, etc. Tout, disent-ils, devient un drame. Et c'est vrai. Mais si ce même enfant est gravement malade et qu'il faut lui faire prendre un médicament, ils réussissent à le faire. Même s'il refuse, même s'il hurle (comme il le fait chaque fois qu'on lui demande quelque chose), ils ne cèdent pas, quoi qu'il leur en coûte.

Donc la question se pose : pourquoi tout à coup parviennent-ils à tenir bon ? Pourquoi se montrent-ils, là, capables d'autorité alors qu'ils n'y arrivent pas le reste du temps ? Pour une seule raison. Parce qu'ils savent que le médicament, ça ne se discute pas. Et que ça ne se discute pas parce que c'est une question de vie ou de mort (ou du moins de retour à la santé).

Dans ce domaine ils n'ont aucun doute. C'est parfaitement clair dans leur tête. Donc contraindre l'enfant devient pour eux une évidence. Et, sans même s'en rendre compte, ils font preuve d'autorité.

Il y a une conclusion à tirer de ce genre d'exemple : si ces parents avaient compris (si on leur avait permis de comprendre) que l'éducation est aussi vitale pour leur enfant que les médicaments, si on leur avait expliqué que, sans leur autorité, il va tomber malade (en tous les cas psychologiquement), ils trouveraient en eux, même si c'est difficile, la force de s'imposer. Et tout serait changé. Parce que, les sentant sûrs de leur fait et parfaitement déterminés, l'enfant cesserait de se montrer en permanence opposant. Et il se mettrait à faire ce qu'il a à faire. Pour son plus grand profit et son plus grand bonheur. Parce que, il faut le savoir, un enfant qui grandit sans autorité n'est jamais heureux. C'est pour ça que je me bats tellement pour faire entendre l'importance de l'éducation. Et ce livre fait partie de ce combat. On ne peut pas continuer à voir des enfants se détériorer et devenir progressivement incapables de vivre normalement, simplement parce qu'il n'y a personne pour leur dire : « Maintenant ça suffit, tu obéis ! » C'est un gâchis humain incroyable et inacceptable.

H.M. : Ce que vous dites me fait penser à une scène à laquelle j'ai assisté dans un avion. Il y avait à côté de moi un enfant et sa mère. Et l'enfant refusait d'attacher sa ceinture pour le décollage. Elle ne cessait de lui dire de le faire et, chaque fois, il hurlait.

Donc elle a fini par céder. Et j'ai pensé qu'on allait décoller comme ça. Et puis l'hôtesse est arrivée. Elle a demandé à l'enfant la même chose. Et il a refusé de le faire de la même façon. Mais elle, elle n'a pas cédé. Elle lui a dit que c'était la règle ; que tous les passagers devaient être attachés. Et que le commandant de bord ne ferait pas décoller l'avion s'il n'était pas attaché. Et, à ma grande stupéfaction, l'enfant a attaché sa ceinture…

C.H. : Votre exemple illustre ce que j'essaie d'expliquer. Il est très instructif.

Cet enfant n'a pas accepté de faire ce que l'hôtesse lui demandait parce qu'elle était une « superwoman » ou un « super méchant loup » devant lequel, terrifié, il ne pouvait que ployer. Ou, pour le dire autrement, il n'a pas attaché sa ceinture parce que cette hôtesse avait une autorité particulière que sa mère n'avait pas. Il a accepté pour deux raisons : à cause de ce qu'elle lui a dit, et à cause de la position dans laquelle elle s'est mise pour le lui dire. Je m'explique.

Avant que l'hôtesse intervienne, le problème était posé comme un problème à deux. Il mettait en jeu deux personnes : l'enfant et sa mère. Comme c'est d'ailleurs souvent le cas dans la vie quotidienne, pour de petites ou de grandes choses. Une lutte à deux s'était donc instaurée. Et l'enfant avait si l'on peut dire gagné la première manche : il n'était pas attaché.

L'hôtesse aurait très bien pu s'inscrire dans cette perspective duelle. Il aurait suffi pour cela que, prenant la place qu'occupait jusque-là la mère, elle ordonne à l'enfant (ou le supplie) d'obtempérer. Or, ce n'est pas de cette façon que les choses se sont passées. Car, de ce problème à deux, elle a fait d'emblée un problème à trois…

H.M. : Comment cela ?

C.H. : Elle en a fait un problème à trois et ce, de deux façons. D'abord, elle a signifié à l'enfant que la demande qu'elle lui faisait n'était pas, comme peut-être il le croyait, l'effet d'un désir personnel. Elle lui a expliqué qu'attacher sa ceinture dans un avion était une règle. Une règle à laquelle non seulement lui mais tous les passagers étaient soumis. Cette explication a probablement été déterminante. Parce que – nombre de parents l'ignorent – beaucoup d'enfants imaginent que ce que les adultes leur demandent relève de l'arbitraire ou de leur bon plaisir. Apprendre qu'ils le font parce qu'ils transmettent une règle, et que cette règle, eux-mêmes y sont soumis, modifie radicalement leur appréhension du problème. Et on le voit dans cet exemple.

À partir du moment où l'hôtesse lui a parlé de cette façon, le petit garçon ne s'est plus trouvé face à une grande personne qui, du haut de sa grandeur, lui disait : « Moi, Mme Machin, j'exige que tu t'attaches ! », avec ce que cela pouvait impliquer pour lui de rapport de forces inégal et humiliant. Il s'est vu confronté à une adulte qui lui demandait seulement de faire comme tout un chacun, de respecter une règle qui avait sa raison d'être puisqu'elle mettait en jeu sa sécurité.

D'une histoire à deux protagonistes – l'enfant, l'adulte –, on est donc passé à une histoire à trois : l'enfant, l'adulte et la règle (que cet adulte faisait, par sa parole, exister). Dès lors, si l'enfant désobéissait, il ne désobéissait plus seulement à l'adulte mais à la règle. Et, compte tenu que les autres passagers de l'avion la respectaient, cela prenait pour lui un tout autre sens.

Mais l'hôtesse est allée plus loin. C'est la deuxième façon qu'elle a eue de régler le problème. Elle a également expliqué à cet enfant qu'il y avait dans l'avion quelqu'un qui était garant que cette règle soit respectée : le commandant de bord qui ne ferait pas décoller l'appareil s'il n'était pas attaché. L'indication montrait à l'enfant l'importance de la règle. Si sa seule ceinture détachée pouvait empêcher l'avion de partir, c'est que le fait était sans doute plus grave qu'il ne l'avait imaginé…

Mais surtout, l'hôtesse, en parlant du commandant, faisait là encore passer la situation du « deux » au « trois ». Le problème en effet – elle le disait clairement à l'enfant – ne se situait pas seulement entre elle et lui. Puisque, au-dessus d'elle, il y avait le commandant. Autorisé (par la compagnie, les lois, etc.) à imposer le respect de la règle. Il était clair qu'en cas de refus de l'enfant, il n'y aurait pas affrontement entre elle et lui. Mais référence au commandant qui réglerait l'affaire.

Donc, vous le voyez, cette hôtesse n'a mis à aucun moment en avant une quelconque force ou autorité personnelle. Au contraire. Elle s'est posée comme celle qui, parce que c'était son travail de le faire, transmettait aux passagers une règle. Mais une règle sur laquelle elle-même n'avait aucun pouvoir. Elle ne l'avait pas inventée. Elle ne pouvait pas la faire disparaître. Elle y était elle-même soumise (notation importante…). Et, si manquement à cette règle il y avait, c'est le commandant et non elle qui pourrait le sanctionner. Or c'est à cette personne dépourvue de tout pouvoir que l'enfant a obéi…

H.M. : Posé de cette façon, ça peut sembler paradoxal.

C.H. : C'est paradoxal mais instructif.

Cet exemple prouve de la plus belle façon qui soit que ce n'est pas un quelconque charisme qui donne de l'autorité à un adulte. Sa parole ne peut faire autorité pour un enfant que si elle s'appuie sur l'autorité de la règle qu'il énonce. Et sur celle des instances qui ont le pouvoir de la faire respecter. Votre exemple est instructif car transposable à la famille. L'autorité d'un parent ne peut être opérante que s'il procède comme l'hôtesse dont nous venons de parler.

H.M. : Concrètement, que doit faire un parent pour être dans la même position que cette hôtesse ?

C.H. : Il ne peut l'être que s'il comprend ce qu'est l'éducation. Et ce n'est pas abstrait du tout. Quand un parent a compris qu'éduquer un enfant veut dire lui transmettre les règles de vie que tout le monde doit respecter et faire en sorte qu'il les respecte, il sait qu'il ne lui demande rien d'extraordinaire, ni de spécialement traumatisant. (Pourquoi serait-ce traumatisant de faire comme tout le monde ?) Il a de surcroît conscience que l'apprentissage des règles qu'il lui impose est d'une importance vitale pour lui, puisqu'il est la condition *sine qua non* pour qu'il devienne un être capable de vivre au milieu des autres et d'y être heureux.

Si le parent comprend cela, il est dans la même position que l'hôtesse. Parce qu'il se pose (et il peut l'expliquer) comme n'étant, si l'on peut dire, qu'un « transmetteur ». Il apprend à l'enfant – comme l'hôtesse – une règle qu'il n'a pas inventée ; qui a cours pour tout le monde dans la société ; à laquelle il est lui-même soumis, etc.

Quelles que soient ses difficultés personnelles, il a donc forcément une assurance qu'il n'aurait pas si l'utilité des exigences qu'il formule ne lui apparaissait pas clairement. L'enfant perçoit cette assurance et cela change tout aussi pour lui.

H.M. : De quelle façon ?

C.H. : Confronté à un adulte dont l'attitude est claire et qu'il sent sûr de son fait, l'enfant peut s'arracher aux brumes de son imaginaire. Et, grâce aux explications de cet adulte, cesser d'interpréter la situation de façon erronée.

Un parent, en effet, peut très bien expliquer à son enfant pourquoi il l'éduque. Il peut lui dire des choses comme : « Je t'oblige à faire (ou à ne pas faire) cela. Et ça ne te plaît pas. Mais ce n'est pas parce que cela m'amuse que je le fais. Je le fais parce qu'il faut que tu apprennes à te conduire comme un grand. Je t'oblige parce que c'est mon travail de papa (ou de maman) de t'obliger. Je t'oblige parce que je suis obligé de t'obliger… »

Cette mise au point, je le sais parce que j'en ai souvent fait d'équivalentes dans mon bureau pour expliquer à un petit patient le rôle de ses parents, permet à l'enfant de comprendre que ce n'est pas par manque d'amour que son parent lui impose une contrainte ou parce qu'il est méchant, mais parce qu'il se préoccupe de sa vie et de son avenir.

Mais surtout comme le parent, rassuré sur sa fonction, maintient plus fermement les limites, l'enfant comprend qu'il ne pourra plus les contourner, et peut, de ce fait, commencer à les penser. Ce qui est essentiel, puisque, rappelons-le une fois encore, le but de l'éducation n'est pas que l'enfant obéisse comme un chien dressé ; il est qu'il fasse le chemin qui lui permette d'accepter les règles parce qu'il en aura compris le sens et l'utilité.

H.M. : Cela consiste en quoi, pour un enfant, « penser les règles » ?

C.H. : C'est une opération essentielle. Mais – je le répète – il ne peut l'entreprendre que quand il a la certitude que les limites que ses parents lui mettent tiendront. Parce que, quoi qu'il fasse, ils les maintiendront.

Tant qu'un enfant continue à croire que les limites finiront bien, à un moment ou à un autre, par craquer, il utilise toute son intelligence pour trouver les moyens de les faire céder ou du moins reculer. Et c'est problématique, pour lui. Ça le « met en panne » dans sa vie et notamment à l'école parce que, utilisant toutes ses capacités intellectuelles pour échapper aux règles, il ne peut les investir ailleurs. Et on s'en rend compte en consultation, où l'on rencontre fréquemment des enfants de trois à six ans très intelligents, dont les performances (scolaires et autres) ne sont pas à la hauteur de leurs capacités. Faute d'autorité, ils s'ingénient en effet à devenir, si l'on peut dire, des experts en délinquance. Une délinquance qui, évidemment, n'apparaît pas à leurs parents comme telle, parce qu'elle est de la « baby-délinquance », de la délinquance de fonds de squares et de cours d'écoles maternelles. Mais qui est néanmoins de la délinquance. Puisque ces enfants passent le plus clair de leur temps à manipuler leur entourage (papa, maman, grand-mère, la maîtresse, etc.) pour parvenir à leurs fins. Lesdites fins, si l'on y regarde de près, se résumant toujours à échapper à la loi commune.

Quand leurs parents comprennent ce qui passe, deviennent plus lucides et plus fermes, ces enfants retrouvent leurs possibilités. Et montrent alors de quoi ils sont capables, mais cette fois « dans la loi », si l'on peut dire. C'est-à-dire qu'ils récupèrent le potentiel d'intelligence qu'ils avaient mis au service de la transgression, et s'en servent pour découvrir les mille et une choses passionnantes que l'on peut apprendre, faire, etc., dans la vie, sans être en faute parce que, elles, elles ne sont pas interdites…

H.M. : Et vous disiez qu'alors ils peuvent « penser les règles » ?

C.H. : Ils peuvent commencer le travail qui va leur permettre de comprendre peu à peu, de sentir en quoi l'existence des règles de vie change le monde. La première chose que l'enfant comprend si ses parents l'éduquent, on l'a déjà dit, c'est que, dans un monde civilisé, on ne peut pas agir au gré de ses envies. On peut parler de tout mais on ne peut pas tout faire.

C'est une première définition, mais elle ne suffit pas.

Dans un monde structuré par des interdits, en effet on n'est pas seulement contraint de renoncer à certains actes, on est contraint aussi de diviser ce dont on parle en deux catégories. C'est-à-dire de faire une différence entre :

– les choses dont on peut discuter en sachant que, au bout de la discussion, on pourra décider si on les fait ou pas, si on les veut ou pas, etc. Parce qu'elles concernent l'espace de liberté de tout être : ses opinions, ses désirs, ses goûts, etc. C'est-à-dire tout ce par rapport à quoi sa seule volonté peut faire loi ; « Je ne veux pas de tarte aux fraises. Parce que je n'aime pas la tarte aux fraises. Et je n'en mangerai pas. C'est mon droit parce que aucune loi n'oblige à manger de la tarte aux fraises » ;

– et les choses dont on peut toujours parler et que l'on peut même contester. Mais que (grands ou petits) l'on est, que cela nous plaise ou non, obligés de faire (ou de ne pas faire). Parce que… c'est la loi. C'est-à-dire celles dont on peut dire en fait qu'elles ne se discutent pas. (Même si, évidemment, on peut en parler.) Rien par exemple ne m'interdit de dire que je trouve l'existence des feux rouges absurde. Mais, quelles que soient mes idées sur la question, je suis contrainte, comme tout un chacun, de m'y arrêter. Parce que s'arrêter aux feux rouges, c'est une loi (comme ne pas tuer, ne pas frapper, ne pas voler, ne pas avoir de relations sexuelles dans sa famille, etc.). Et une loi (à partir du moment où elle est celle de tous), ça ne se discute pas !

H.M. : C'est très important, ce que vous dites. Parce que beaucoup de parents pensent que, pour respecter un enfant et lui permettre de s'épanouir, il faudrait lui permettre de tout discuter.

C.H. : Cette idée est très répandue aujourd'hui et très dangereuse. Encore une fois, on l'attribue à Françoise Dolto. On avait déjà prétendu qu'elle préconisait de « tout dire » aux enfants, alors qu'elle a bien précisé qu'il fallait les informer seulement de ce qui les concerne. Ce qui est très différent. Il y a beaucoup de choses qui ne regardent pas les enfants, la vie intime de leurs parents, par exemple. Et il faut le leur rappeler. De la même manière, on laisse entendre qu'elle aurait conseillé aux parents de leur demander leur avis sur tout. C'est une erreur grossière. Elle a passé son temps à expliquer que l'enfant devait apprendre les règles de la vie civilisée, qui évidemment ne se discutent pas.

Comment peut-on imaginer laisser un enfant discuter à propos de tout ? Ce n'est pas possible. Si, à la piscine, on voit son fils commencer à malmener son copain, on ne va pas lui dire : « Est-ce que tu serais d'accord, mon chéri, pour ne pas pousser ce garçon qui ne sait pas nager dans le grand bain ? » Si on le voit esquisser un geste dans ce sens, on se précipite, on l'empêche de continuer. Et on s'explique ensuite avec lui. Pour essayer de comprendre comment une aussi brillante idée a pu lui passer par la tête !

Les enfants ne peuvent pas tout discuter. Personne ne peut tout discuter. Pour la raison évidente qu'une société dans laquelle chacun pourrait tout discuter ne serait pas vivable.

H.M. : Mais, si on ne laisse pas un enfant discuter les règles, est-ce qu'on n'en fait pas un être soumis?

C.H. : Je crois qu'il faut bien préciser ce dont on parle. Il ne s'agit pas d'interdire à l'enfant toute discussion. Bien au contraire. Un enfant a besoin de discuter : les propositions que lui font ses parents, leurs idées, leurs exigences, et aussi les règles de vie qu'ils lui enseignent. Et il n'a pas seulement besoin de les discuter, il a besoin de les contester, de s'y opposer. C'est fondamental pour qu'il puisse construire son intelligence, sa personnalité. Pour qu'il devienne un être libre et capable de faire, toute sa vie, respecter sa liberté.

Il faut même, au fur et à mesure qu'il grandit, lui expliquer qu'il peut exister à un moment donné, dans un pays donné, des lois injustes (celles par exemple qui stigmatisent toute une partie de la population et la rejettent). Et que, par rapport à ces lois, on a non seulement le droit mais le devoir de résister.

Mais nous parlons, là, des règles de base qui existent dans toute société humaine civilisée et qui sont indispensables à son fonctionnement.

L'enfant a le droit de s'interroger sur leur utilité et il est important que ses parents la lui démontrent. Mais, d'accord ou pas, il doit comme tout le monde les respecter. Pour la bonne raison qu'il en va de sa survie et de celle des autres.

On peut, à cet égard, reprendre l'exemple précédent... Si la moitié des automobilistes s'arrête aux feux rouges et que l'autre moitié s'y refuse, que va-t-il se passer ? Aucune vie ne sera plus possible. Les lois ne se discutent pas.

Pour en revenir à notre avion et à notre hôtesse, c'est l'une des choses qu'elle a signifiées au petit garçon : le fait d'attacher sa ceinture dans un avion ne se discute pas, c'est une règle. À laquelle chacun, grand ou petit, doit obéir...

H.M. : Justement, à propos de ce qui s'est passé dans cet avion, vous avez souligné le rôle du commandant de bord. Comment l'expliquer ? Et comment le transposer dans une famille ?

C.H. : La référence au commandant a été très importante pour l'enfant. Parce que l'hôtesse lui a fait occuper, entre l'enfant et elle, la place d'un tiers.

H.M. : Vous voulez dire la place d'une troisième personne ?

C.H. : C'est plus compliqué que cela. Un tiers est évidemment un troisième personnage dans une relation qui met en jeu deux personnes. Mais ce n'est pas seulement un troisième, parce que parler de « tiers » suppose que ce troisième soit détenteur d'un pouvoir particulier que les deux protagonistes n'ont pas. Et que ce pouvoir, ces deux autres – du moins, l'un d'entre eux – le reconnaissent et l'acceptent. Je vous donne un exemple.

Imaginez par exemple un affrontement dans un collège entre un élève et son professeur. L'élève refuse de faire le travail que l'enseignant demande. Il lui parle grossièrement, se fait même menaçant, etc. Si l'enseignant à ce moment-là, au lieu de rester dans la relation duelle, lui dit : « Ce que vous faites n'est pas tolérable dans un collège. Si vous ne cessez pas immédiatement vous aurez affaire au directeur », il met par sa parole ce directeur en place de tiers. Il ne dit pas à l'élève : « Je vais appeler un collègue et comme ça, nous serons deux contre vous et nous serons plus forts que vous. » Il dit : « Je vais appeler le directeur. C'est-à-dire celui qui a un pouvoir que je n'ai pas. Parce qu'il est, de par sa fonction, garant des règles de vie dans l'établissement. Et, avec la venue de ce directeur, vous allez être confronté à la loi que vous refusez. (Puisque vous refusez de faire ce que tout élève doit faire dans un collège.) » Un tiers n'est pas seulement un troisième parce qu'il est investi, soit dans la réalité, soit par celui qui l'invoque, d'une autorité. Et qu'être investi de cette autorité lui permet d'incarner dans sa personne, de « présentifier » l'autorité de la Loi[1].

Dans une famille, c'est le rôle que peut jouer le père, entre la mère et l'enfant. Nous y reviendrons[2]. (Ou la référence au père s'il n'est pas présent physiquement.) Mais, si c'est le père qui parle, l'autorité à laquelle il se réfère peut être une autorité sociale : la police, la justice, etc. Autorité qu'il reconnaît et à laquelle il est lui-même soumis.

L'importance de la référence au tiers tient au fait – je l'ai expliqué à propos de l'incident de l'avion – qu'elle permet de quitter le terrain du combat duel et de sa sauvagerie : « Qui est le plus fort ? Qui va écraser l'autre ? » pour celui de la civilisation.

Et de signifier à l'enfant : « Le problème dont nous débattons n'est pas une affaire entre toi et moi. C'est une affaire entre toi, moi et la Loi. C'est-à-dire, en dernière analyse, une affaire entre toi et la Loi. Donc il faudrait que tu réfléchisses à ce que tu fais. Et que tu changes d'attitude. Parce que, au regard de la Loi, ce que tu fais ne va pas. » Au fond, si l'on y réfléchit, l'essentiel de l'éducation est là : elle consiste à faire exister, pour un enfant, la Loi. Et s'il ne peut pas y avoir d'éducation sans autorité, c'est que l'autorité

---

1. Ce terme est à écrire là avec une majuscule : la Loi, car il ne désigne pas seulement (comme dans le domaine juridique) une règle particulière. Mais l'ensemble des règles qui, parce qu'elles permettent que la vie entre humains y soit possible, font d'une société une société civilisée.

2. Voir page 164.

des parents est le seul moyen de faire comprendre à un enfant l'autorité de la Loi.

Quand un parent voit son fils (ou sa fille) rentrer à la maison avec, dans son blouson, une moisson de CD qu'il n'a pas achetés, s'il se contente de lui dire : « Mais enfin, tu sais bien que c'est mal de voler ! » sans manifester aucune autorité, c'est exactement comme s'il lui disait que la loi qui interdit le vol n'a en fait aucune autorité. J'ai reçu beaucoup d'adolescents délinquants dont la délinquance s'était construite de cette façon, et qui le disaient d'ailleurs avec une certaine candeur : « Ben quoi, m'dame, c'est pas bien. D'accord. Mais c'est pas si grave… »

Pourquoi l'autorité
est-elle si difficile pour les parents ?

H.M. : Même s'ils sont conscients de tout ce que vous venez d'évoquer, pourquoi les parents ont-ils tout de même tellement de mal à faire preuve d'autorité ?

C.H. : On peut répondre de mille façons à votre question. La première est de rappeler qu'occuper une place d'autorité, quels que soient les personnes et le champ d'activité par rapport auxquels s'exerce cette autorité, est toujours un exercice très difficile.

Et cet exercice difficile est toujours beaucoup plus complexe, sur le plan psychologique, qu'il n'y paraît.

Détenir l'autorité, c'est en effet assumer la place de celui ou de celle qui a un savoir ; la place de celui qui sait (ce qui est bien ou mal, ce qui est juste ou pas, etc.). Et qui va faire en sorte que les autres agissent en fonction de ce savoir. Même s'ils ne sont pas forcément convaincus de l'intérêt de ce qui leur est demandé.

Le « dirigeant » est donc, quoi qu'il dirige, confronté en permanence à l'idée de sa responsabilité et à un certain sentiment de solitude. Il peut toujours, avant de décider, s'entourer d'avis et de conseils, mais il sera celui qui, en dernière analyse, prendra seul la décision. Charge lourde à porter qui justifie qu'il puisse, à certains moments, vaciller, s'interroger, douter…

De plus, la position d'autorité modifie la relation à l'autre. Car le responsable est tenu de signifier à cet autre : « C'est moi qui commande. » C'est-à-dire de l'inscrire d'emblée dans un rapport hiérarchique en situant la rencontre avec lui dans ce cadre précis. Pour remplir sa fonction, pour tenir sa place, il est donc obligé de se priver de tout ce que la spontanéité pourrait faire surgir pour lui de cette rencontre. Et la difficulté est évidemment plus grande encore quand il y a conflit.

H.M. : L'autorité par rapport à l'enfant vous semble plus difficile à exercer que l'autorité dans d'autres domaines ?

C.H. : Elle est indéniablement plus difficile à exercer. Elle présente les mêmes difficultés que toute position d'autorité, mais ces difficultés sont majorées par l'importance de l'affectif. Un dirigeant, par exemple, ne peut pas, dans le cadre de ses fonctions, être seulement « lui-même », parce qu'il est au service d'une fonction et qu'il se doit d'incarner cette fonction.

Le problème est le même dans une famille.

Un parent qui aime vraiment son enfant, c'est-à-dire qui se préoccupe vraiment de son avenir, ne peut pas non plus se laisser aller en permanence à ses sentiments et à ses émotions, parce qu'il a une tâche à remplir. Il doit l'éduquer. Et que, dans la vie quotidienne, ce devoir d'éducation l'oblige bien souvent à se priver du bonheur de l'instant. On le sait bien, se montrer ferme avec un enfant contraint fréquemment à « casser (au moins momentanément) l'ambiance », comme on dit.

Le travail d'un parent n'est pas très différent de celui du capitaine d'un bateau. Le capitaine aime son navire. Il a du plaisir à naviguer avec lui. Mais il ne peut pas pour autant le laisser flotter au fil du courant. Il doit tenir la barre. Il en va de même pour le parent. Mais sa tâche est mille fois plus délicate encore parce qu'il est entravé par les liens conscients et inconscients qui l'unissent à son enfant. Liens qui sont toujours d'une exceptionnelle intensité et d'une exceptionnelle complexité.

Il faut ajouter à cela le poids de la responsabilité, qui est également beaucoup plus lourd quand il s'agit de l'enfant. En français, le verbe « diriger » a deux sens. Celui de « commander ». Et celui de faire prendre à l'autre une direction dont on a décidé qu'elle était la bonne. À ce titre, être patron d'une entreprise et décider de la façon dont elle doit se développer n'est déjà pas forcément une tâche facile à assumer. Mais penser que l'on oriente la vie d'un enfant est évidemment plus difficile encore. C'est là que se posent pour les parents toutes ces questions terribles que nous avons évoquées : « Est-ce que je ne vais pas porter atteinte à sa personnalité ? L'obliger à être ce qu'il n'est pas ? L'empêcher d'être ce qu'il pourrait être ? », etc. Cela peut être vertigineux.

H.M. : À propos de « commander », vous disiez quand même que le fait de savoir qu'ils imposent à leurs enfants des règles générales était rassurant pour les parents ?

C.H. : C'est certainement rassurant. Mais dans la réalité, dans le quotidien de la vie, cette conviction, même si elle est très importante, n'efface pas tous les problèmes. On se pose toujours des questions quand on est parent sauf, évidemment, si l'on se pense infaillible. Mais ce n'est heureusement pas le cas le plus fréquent... On s'en pose plus encore quand on a réfléchi à sa propre enfance, à ce qui, pour soi, ne s'est pas forcément bien passé. Et ces questions sont légitimes parce que la frontière entre ce que l'on demande à un enfant au nom de la loi générale et ce que l'on peut lui imposer sans le savoir, du fait de son propre désir ou de sa propre névrose, est toujours très fragile. Et de ce fait très difficile à évaluer. Certains parents par exemple sont tout à fait à l'aise quand ils demandent à leur enfant de faire ses devoirs, parce qu'ils savent que cette demande est celle de tous les parents, mais ils craignent toujours d'être trop exigeants sur la qualité du travail effectué, le temps mis à le faire, etc.

Ces doutes sont inévitables et c'est la raison pour laquelle d'ailleurs éduquer est une tâche si difficile. Le parent qui éduque ressemble toujours un peu à un équilibriste. Il oscille entre le « trop » et le « pas assez ». Il n'est jamais sûr de ne pas se tromper. Et de fait il se trompe souvent. Mais – il faut le dire et le redire – cela n'a rien de dramatique. Parce que ces « erreurs » (si tant est qu'il s'agisse d'erreurs), il peut s'en expliquer après coup avec l'enfant. Et de toute façon elles sont infiniment moins graves pour lui que ne le serait l'« abandon éducatif » car l'absence d'éducation, l'absence d'autorité parentale est, pour tout enfant, l'une des choses les plus destructrices qui soient.

H.M. : Souvent on cède par peur du conflit...

C.H. : Les conflits sont toujours très douloureux pour les parents, parce qu'ils font ressurgir leurs problèmes de légitimité (« Est-ce que j'ai vraiment le droit d'exiger [ou d'interdire] cela ? », « Est-ce que je ne vais pas trop loin ? », etc.). Et toutes leurs craintes de faire souffrir leur enfant. Et évidemment – je l'ai déjà dit – celui-ci qui, inconsciemment, sent leurs doutes sait à merveille en jouer…

Mais ce qui est surtout difficile, je crois, en matière d'éducation parentale, c'est cette certitude, que le parent acquiert très vite, que le conflit est inévitable. Et c'est encore une différence avec d'autres domaines dans lesquels peut s'exercer l'autorité. Un chef d'entreprise par exemple peut espérer convaincre les salariés d'appliquer une directive. Il sait qu'ils ne sont pas décidés à refuser *a priori* toute proposition. Mais l'enfant, lui, s'oppose toujours, au moins dans un premier temps, aux règles auxquelles on veut qu'il se soumette. Il s'y oppose plus ou moins violemment, selon sa personnalité et selon les moments. Mais il s'y oppose toujours. Et cette opposition est normale. (Elle ne devient anormale ou du moins problématique que si elle s'exprime avec une violence inconsidérée ou si elle dure vraiment trop longtemps.) Elle est normale parce que – je l'ai expliqué – les limites que lui imposent ses parents vont à l'encontre de son fonctionnement pulsionnel initial. Le seul qu'il connaît et qui lui procure du plaisir. Comment imaginer qu'il ne s'oppose pas ?

Supporter le conflit – du moins l'éventualité du conflit – est donc l'un des prix que les parents ont à payer pour éduquer. Il faut qu'ils le sachent ; ils n'ont, au moins au départ, aucun moyen de l'éviter.

H.M. : Pourtant il y a eu, à une époque, toute une série de livres qui ont prôné la « négociation » avec l'enfant pour, justement, éviter le conflit…

C.H. : Les livres dont vous parlez ont même été très à la mode. Cela n'a rien d'étonnant puisqu'ils prétendaient dispenser les parents de ces conflits qu'ils vivent si mal. Mais, si l'on y réfléchit, la théorie qu'ils véhiculaient est très dangereuse. Pour au moins deux raisons :

– d'abord parce qu'elle revient à nier la différence de place entre les adultes et les enfants.

Négocier avec quelqu'un suppose en effet que l'on se situe sur un plan d'égalité avec lui. C'est la condition *sine qua non* de la négociation. On discute à égalité afin de parvenir à un accord. Or, en matière d'éducation, cette égalité n'existe pas. Les parents et les enfants ne sont en aucun cas à égalité puisque les parents ont à apprendre à leurs enfants (et à leur imposer) des règles que ces derniers ne connaissent pas.

Cette théorie de la négociation est donc fondée sur une illusion. Et une illusion dangereuse. Parce que faire croire à des enfants qu'ils sont sur le même plan que leurs parents revient à les autoriser à se mettre à une place qui n'est pas la leur. C'est-à-dire à les maintenir dans leur fantasme de toute-puissance au lieu de les aider à en sortir ;

– de plus négocier avec un enfant à propos des limites qu'on lui met équivaut à lui laisser entendre que l'application de ces règles pourrait souffrir des aménagements. Or c'est faux. On peut aménager ce qui n'est pas très important : « D'accord ! Tu ne vas pas te laver les dents tout de suite, tu finis ton jeu. Mais, dans dix minutes… tu y vas ! » Mais les règles fondamentales, celles qui constituent l'armature de l'éducation d'un enfant petit (ne pas porter atteinte à l'autre et à ses biens, respecter l'interdit de l'inceste, etc.), ne supportent, elles, aucun aménagement.

C'est comme les feux rouges dont je parlais précédemment. On s'y arrête ou l'on ne s'y arrête pas. Il n'y a pas de position intermédiaire. Donc faire croire à un enfant, par le biais de cette idée de négociation, que l'on pourrait s'arranger avec les limites est très grave. D'autant qu'il ne demande, là aussi, qu'à le croire. Les parents le savent. Ils ont tous entendu, un jour ou l'autre, leur enfant leur dire quelque chose comme : « La maîtresse m'a puni parce que j'avais craché sur mon copain. Mais c'est pas juste, maman. Parce que j'avais craché seulement un tout petit peu… »

Et ils savent, ces parents, que la seule réponse possible, alors, a été : « Un tout petit peu, c'était déjà trop. Cracher sur ton copain (ou sur qui que ce soit d'ailleurs) est interdit. Elle a donc raison de t'avoir puni. Et il n'est pas question que tu recommences ! »

Et tous les parents savent que l'enfant qui s'est entendu répondre cela n'était pas content. Mais il a reçu ce jour-là une leçon qui lui a été très utile et que n'ont malheureusement jamais reçue les adolescents délinquants que les juges entendent leur dire : « Je l'ai frappé, monsieur le juge. Mais pas beaucoup. Et d'ailleurs, je n'avais pas d'arme, etc. », espérant ainsi négocier (dans leur langage, on dirait « dealer ») la sévérité de la peine qu'ils encourent. Et au-delà de cette peine, sans doute le caractère inéluctable de la loi. Cette idée de négociation avec l'enfant est antiéducative. Elle a, de plus, une dimension manipulatoire très déplaisante. Au bout du compte, il s'agit d'« embobiner » l'enfant pour lui faire faire ce que l'on veut qu'il fasse, alors que le vrai problème est qu'il comprenne le sens de la règle et la nécessité de la respecter. Cela seul peut lui donner une boussole intérieure qui lui permettra plus tard, quels que soient les aléas de son existence, de garder le cap. L'enjeu est donc suffisamment important pour justifier que l'on supporte les conflits.

H.M. : D'accord, pas de négociation. Mais alors que faire ? Punir ?

C.H. : L'idée de punir est certainement aujourd'hui l'une de celles qui posent le plus de problèmes aux parents. Ils expliquent volontiers les règles à leur enfant. Ils réussissent à se fâcher s'il ne les respecte pas. Mais, même s'il les transgresse de façon répétitive, ils ont le plus grand mal à le punir. Pourtant –

il est important de le souligner – l'autorité parentale n'a de sens que si elle inclut la sanction. Il y a à cela deux raisons.

La première, c'est qu'un enfant ne peut pas comprendre qu'un acte est interdit si on lui permet, répétitivement, de l'accomplir sans que rien d'autre que quelques bonnes paroles ou quelques vagues réprimandes ne lui arrive. En ne le punissant pas, on hypothèque donc ses possibilités de compréhension. Mais cela va plus loin. Car – et c'est la deuxième raison – en ne sanctionnant pas les transgressions de l'enfant, l'adulte vide rétroactivement de tout sens les paroles qu'il lui a dites pour énoncer l'interdit. Il les réduit sans le savoir à n'être, pourrait-on dire, que du « bla-bla ». Et ce non-sens des mots créé par l'adulte est lourd de conséquences, car, d'absence de punition en absence de punition et de « bla-bla » en « bla-bla », l'enfant peut en arriver à penser :

– que la notion même d'interdit n'est que du « bla-bla ». Que rien n'est au fond vraiment sérieux dans le monde ni vraiment interdit. C'est, il faut le savoir, à cette conviction dramatique mais bien ancrée que se heurtent le plus souvent les éducateurs qui doivent prendre en charge des adolescents qui n'ont pas été, dans leur enfance, éduqués ;

– que les adultes ne sont pas crédibles puisqu'ils peuvent dire n'importe quoi ;

– et que la parole elle-même est sujette à caution. Si l'on peut dire une chose et faire ou laisser faire le contraire, c'est que les mots ne sont que du vent…

Par ailleurs, en ne sanctionnant pas l'enfant, l'adulte réduit également à néant les explications qu'il lui avait données pour justifier l'interdit. Explications qui, en général, portaient sur les conséquences que pouvait avoir la transgression. L'enfant ne comprend donc plus rien. (« On m'a dit que je ne devais pas frapper mon frère, parce que, comme il est petit, je pouvais le blesser très gravement. Mais puisqu'on ne me punit pas quand je le fais, ce n'est pas si grave... ») Il se retrouve, là encore, dans un monde sans balises. Et peut alors, parce qu'il croit que tout est possible, en arriver à ne plus pouvoir évaluer ses actes. Le « laisser-faire » des parents dans un domaine discrédite tout ce qu'ils peuvent dire dans les autres domaines. Car – on ne le leur apprend pas suffisamment – les enfants sont des êtres qui raisonnent avec une implacable logique. Et une logique qui a des répercussions immédiates sur leur comportement. Les enfants qui se mettent régulièrement en danger, par exemple, le font souvent parce qu'ils n'ont pas, par ailleurs, suffisamment de limites. Tout se passe comme si, dans leur tête, ils se disaient : « Maman me dit que c'est interdit de voler. Mais quand je prends des bonbons au supermarché, elle ne fait que crier. Donc ce n'est peut-être pas vraiment grave de voler... Donc quand elle me dit que je ne dois pas toucher la porte du four parce que je risque de me brûler, ce n'est peut-être pas vraiment vrai non plus. Donc je vais essayer. »

Un enfant a besoin d'être sûr que les mots veulent bien dire ce qu'ils disent. Et il ne peut l'être que si les actes posés par ses parents viennent confirmer en permanence les paroles qu'ils ont énoncées. Quand une chose est interdite, il faut l'expliquer à l'enfant. La première fois qu'il transgresse, il faut lui rappeler l'interdit qu'on lui a appris. Mais s'il continue, il faut le sanctionner. C'est le seul moyen pour qu'il comprenne que l'interdit posé est important et incontournable.

H.M. : C'est donc la première fonction de la sanction : elle confirme l'interdit que les parents ont posé ?

C.H. : Elle le confirme, et c'est très important. Mais elle a une seconde utilité, tout aussi essentielle, qui tient au fait qu'elle met le fonctionnement familial en accord avec le fonctionnement social. Et, à ce titre, introduit l'enfant à ce fonctionnement social. L'enfant a besoin de savoir que, dans la société, si l'on fait une chose interdite, on est puni et que la peine est proportionnelle à la gravité de la faute. Et il est essentiel qu'il sache que les adultes n'échappent pas plus que les enfants à la loi. C'est de cette façon qu'il parvient à la compréhension de ce qu'est une règle. Et peut, du même coup, réaliser que ce n'est pas par plaisir que l'adulte le punit, mais parce que, dans la société, pour des faits équivalents à ceux qu'il vient de commettre, on est puni. L'apprentissage des règles sociales se fait pour l'essentiel dans la famille. Tous les enseignants le savent, pour en avoir tous les jours la preuve : si un enfant n'a chez lui aucune limite, il aura du mal à respecter celles qui ont cours à l'école. Il faut bien comprendre cela. Parce que c'est seulement à partir du moment où on l'a compris que l'on peut poser les bases d'une prévention efficace.

H.M. : La punition m'a toujours semblé le signe d'un échec. Il ne faut pas la prendre comme ça ?

C.H. : La punition effraie les parents parce qu'ils en ont une idée fausse. Ils n'arrivent pas à se représenter qu'elle puisse être autre chose qu'une violence faite à l'enfant. Tout fonctionne comme si les mots « sanction » et « punition » traînaient derrière eux une cohorte de scènes d'horreur, d'enfants battus, de coups de règle sur les doigts, etc.

Or il n'y a aucune raison pour que la sanction soit une violence. Et elle ne doit pas être une violence. Ni d'ailleurs une source d'humiliation pour l'enfant. Une sanction est un prix à payer pour une faute. À ce titre, elle provoque toujours chez l'intéressé du désagrément. C'est le but de l'opération. Mais elle n'a pas à porter atteinte à sa personne ou à sa dignité. Payer ses contraventions ou se voir retirer des points sur son permis de conduire est une sanction. Cette sanction n'a jamais réjoui qui que ce soit, et c'est pour cela qu'elle est dissuasive. Elle n'est pour autant ni blessante ni humiliante...

H.M. : Pourquoi a-t-on tant de mal à entendre cela ?

C.H. : Certains parents ont du mal à l'entendre parce que l'idée de sanction les renvoie – au moins inconsciemment – à leur propre enfance. Au souvenir des punitions injustes et même parfois sadiques qu'on leur a infligées. Ils ne voudraient en aucun cas que leurs enfants souffrent comme ils ont souffert. Et ils ont raison. Le problème est qu'ils ne font pas la différence entre la sanction telle qu'elle peut être (et telle qu'elle doit être), et l'utilisation perverse qui peut en être faite.

Ils ne comprennent pas que les adultes qui les ont entourés quand ils étaient enfants n'étaient pas des parents ou des éducateurs soucieux de leur faire comprendre l'importance d'une règle et la gravité d'une transgression. Mais des adultes pour qui l'éducation n'était qu'un prétexte, qu'ils utilisaient pour transformer les enfants dont ils avaient la charge en objets de jouissance pour leur toute-puissance ou leur sadisme. On peut très bien, sous couvert d'éducation, torturer. Alice Miller l'a magnifiquement montré[1]. Beaucoup d'enfants ont été torturés au nom de l'éducation. Et beaucoup le sont encore tous les jours. Mais si les souffrances personnelles sont importantes, elles n'expliquent pas tout. Les

---

1. Alice Miller, *C'est pour ton bien. Les racines de la violence dans l'éducation*, Aubier, 1984.

parents ne sont pas seulement prisonniers de leur histoire. Ils le sont aussi du discours ambiant. Nous sommes à une époque, je l'ai expliqué ailleurs[1], où l'on ne définit plus les relations parents-enfants qu'en termes d'« amour ». Faute de s'interroger sur cet amour parental et d'en comprendre la spécificité, on le réduit à des sentiments, en oubliant l'éducation. De ce fait les parents se retrouvent, si l'on peut dire, coincés, ligotés. « Si je me fâche, si je le punis, est-ce que je l'aime ? » Et surtout : « Est-ce qu'il va pouvoir continuer à penser que je l'aime ? » Et l'on peut ainsi en arriver à ces situations absurdes que les familles racontent si souvent aux professionnels qu'elles consultent.

Et à des dialogues comme celui-ci :

– Mon fils a pris l'habitude de déchirer ses cahiers et tous ceux de sa sœur quand il est en colère. C'est insupportable !

– Et vous faites quoi, dans ce cas-là ?

– Je lui ai expliqué – et mon mari aussi – que ce n'était pas possible. Et on s'est même vraiment fâchés.

– Et alors ?

– Eh bien, il recommence quand même !

– Et quand il recommence, vous faites quoi ?

– Eh bien, on recommence à lui expliquer. Et à se fâcher. On a essayé de toutes les manières, je vous assure. Mais ça ne change rien.

---

1. Claude Halmos, *Pourquoi l'amour ne suffit pas*, op. cit.

– Et… vous ne l'avez jamais puni ?

Silence… Et silence éloquent. Car cette absence soudaine de mots qui frappe le parent dit, mieux que de longs discours, à quel point l'idée de punition est absente de son esprit.

Cela n'a rien d'étonnant. À force de prôner l'« amour » comme seul lien à l'enfant, à force d'élever les sentiments au rang de seul idéal parental, on en est souvent arrivé, dans un glissement problématique, à l'idée d'un enfant sacralisé, fétichisé. Un enfant qu'il faudrait, si on l'aime, préserver en permanence de toute contrainte et de tout désagrément.

Prisonniers de cette dérive, les parents ont peur. Peur d'être des « mauvais parents ». Peur d'être des parents « non aimants », etc.

Or un enfant n'est pas un chihuahua qui n'aurait besoin que d'une jolie corbeille, d'une pâtée adéquate, qu'on le cajole et qu'on lui mette des nœuds dans les cheveux.

C'est un être à part entière qui a besoin, pour être capable d'affronter la vie adulte, qu'on l'aide à se construire. Et qu'on l'arme en lui en apprenant les règles. Même si cet apprentissage passe pour lui – c'est inévitable – par des moments de contrainte et de déplaisir.

Et il faut savoir que, par rapport à ce déplaisir, un enfant ne se trompe jamais. Un enfant n'est jamais content quand on s'oppose à lui, mais il sait si ce que l'on exige est juste ou pas. Quand une punition est juste, il ne la prend jamais, quoi qu'elle lui coûte, pour de la maltraitance.

Et les adolescents, quand ils parlent de leur enfance, savent mieux que personne le dire. Et reconnaître combien la fermeté de leurs parents (qu'ils ont pourtant toujours, à l'époque, contestée...) les a aidés. Ou combien au contraire elle leur a manqué. Et quand je parle de « fermeté » – je le précise encore –, il ne s'agit en aucun cas de dureté ou d'éducation militaire. Il s'agit de poser des limites claires et de les maintenir. Même si le maintien de ces limites oblige à un affrontement momentané.

Comment punir ?

H.M. : Je crois que nous n'en avons pas fini avec le chapitre des « punitions ». Parce qu'il y a une question qui revient en permanence pour les parents, même quand ils sont d'accord avec la nécessité de punir. C'est la question du « comment », comment punir ? Quelles punitions peut-on utiliser ?

C.H. : Le choix des punitions est une question qui revient effectivement très souvent quand on écoute les parents. Et ils la posent toujours avec beaucoup d'angoisse. Sans doute à cause de ce que j'évoquais précédemment : cette crainte que la sanction ne puisse être que violente et même sadique. Les « psys » sont d'ailleurs très souvent interrogés dans les médias pour savoir quelles punitions il faut donner, à quel âge, etc. Mais pour ma part, je me suis toujours refusée à répondre. À faire, comme on me le demandait, la liste des « bonnes punitions », de celles qui seraient adaptées à chaque âge, etc. Les réponses que les professionnels peuvent donner dans ce domaine me semblent être un exemple typique de ces « conseils » que les familles trouvent rassurants, car ils leur donnent l'illusion de tenir enfin la solution qu'elles cherchaient, mais qui, en fait, ne les aident pas du tout.

Parce que dire à des parents comment ils doivent punir, alors que l'on ne sait pas qui ils sont, qui est leur enfant, quelles relations (et quelles difficultés) ils ont avec lui est impossible. Cela revient à leur donner un « truc », une recette que, tels de bons élèves, ils vont peut-être appliquer. Mais qu'ils ne pourront jamais s'approprier parce qu'elle ne sera pas venue d'eux. La punition gardera de ce fait un caractère artificiel. L'enfant le sentira. Et cela sera lourd de conséquences pour lui. Car en matière d'éducation, un enfant ne peut ressentir comme vrai que ce qui l'est pour ses parents. Leurs actes et leurs paroles n'ont d'effet sur lui que s'il les sent profondément en accord avec ce qu'ils disent et font. S'ils ne le sont pas (parce qu'ils ne font, par exemple, qu'appliquer une théorie apprise), ils deviennent pour lui des sortes de distributeurs automatiques de bonnes paroles. Des bonnes paroles qui peuvent être justes. Mais qu'il n'écoute en général que d'une oreille, car, faute d'être habitées par un désir véritable, elles n'ont pour lui aucun poids.

Il n'y a pas de « bonnes punitions » et de « mauvaises punitions ». Parce qu'il n'y a pas de généralisation possible. Il n'y a que des solutions individuelles. Une punition peut être « bonne » pour un parent donné, à un moment donné et avec un enfant donné.

Mais elle ne l'est jamais parce qu'elle serait conforme à je ne sais quel « grand livre des sanctions ». Elle l'est uniquement parce qu'elle a été pensée par ce parent. Parce qu'elle s'est imposée à lui à ce moment-là comme la seule possible. Et qu'il la ressent comme juste. Elle correspond à la fois à sa sensibilité, à ce qu'il perçoit chez son enfant, à ce qu'ils viennent de vivre ensemble, etc. Et aussi au contexte dans lequel s'inscrit l'acte qu'il faut sanctionner. Car on ne peut évidemment pas punir de la même façon un enfant qui fait pour la centième fois une chose interdite, et celui qui en est, si l'on peut dire, à son coup d'essai.

Il n'y a donc pas de règles standard. Mais il y a des principes généraux qu'il faut respecter. On peut, je crois, en citer trois.

Le premier est – je ne cesse de le dire – que la punition est indispensable, à partir du moment où l'enfant connaît la règle qu'il transgresse et où ses transgressions sont répétitives. S'il ne connaît pas la règle, en effet, il ne peut être considéré comme fautif. Il n'y a donc pas à le sanctionner mais seulement à l'informer. S'il la transgresse pour la première fois, on peut se contenter d'un rappel à l'ordre. Mais s'il continue, il faut le punir.

Le deuxième principe est que la punition n'a pas – cela aussi je l'ai déjà dit – à être violente. Le but de l'opération n'est pas de graver l'interdit dans la chair de l'enfant. Il est que cet interdit s'inscrive dans sa tête. Et, pour cela, l'association transgressionpunition suffit. À partir du moment où la punition est accompagnée d'explications. Car il ne s'agit évidemment pas de dresser l'enfant comme un animal, en prétendant développer chez lui, au moyen de l'équation « bêtise = punition », je ne sais quel réflexe conditionné...

Et il faut se souvenir que la violence faite à l'enfant ne se limite pas aux coups. Elle peut s'exprimer aussi par des menaces terrifiantes (auxquelles un enfant petit croit toujours, même si elles sont absurdes), ou par une prise en otage de son désir et de son corps.

Certains parents par exemple obligent systématiquement leur enfant à avaler le contenu de son assiette alors qu'il n'a plus faim, parce qu'ils considèrent qu'il ne mange rien ou pas assez ; qu'il est capricieux, etc. C'est une sanction d'une grande violence. Et d'autant plus violente qu'ils ne lui ont en général pas permis de se servir lui-même (s'il est en âge de le faire), ou du moins de demander ce qu'il voulait, c'est-à-dire de décider lui-même de la quantité de nourriture qu'il souhaitait manger. Si un enfant, par exemple, demande qu'on lui serve de la purée, puis la refuse en disant qu'il préférerait des carottes, auxquelles il s'abstient également de toucher... en réclamant des épinards, on est en droit de se fâcher. De tels comportements (qui peuvent avoir par ailleurs des significations différentes et très complexes) sont souvent pour l'enfant un moyen de manifester sa toute-puissance. Et d'asservir sa mère pour en faire, sur un mode inconsciemment incestueux, sa chose, son jouet, son esclave. Il faut donc lui mettre une limite. Et si ça se reproduit, le punir. Mais on peut le faire sans porter atteinte à son corps (à sa bouche, à son estomac…) et à son désir (son appétit). Autrement dit sans lui infliger la violence physique et psychique que constitue pour un être l'ingestion forcée d'un aliment dont il ne veut pas.

H.M. : Que peuvent faire les parents dans ce cas ?

C.H. : Ils peuvent par exemple faire sortir l'enfant de table. En lui expliquant que ce qu'il fait n'est pas admissible (et pourquoi ça ne l'est pas). D'autant qu'il transforme le repas, qui devrait être un moment agréable, en un cirque infernal. Que l'on ne peut pas lui permettre de continuer à gâcher le plaisir du reste de la famille. Et qu'il pourra revenir lorsqu'il sera décidé à se conduire correctement… (Vous voyez, même si l'on s'y refuse, on finit toujours par donner des conseils !)

Le troisième principe à respecter est que la punition ne soit jamais humiliante pour l'enfant. Ce qui signifie :

– que le moyen choisi pour punir ne doit pas être humiliant. On peut par exemple punir un élève sans lui faire porter les horribles « bonnets d'âne » d'autrefois ;

– et que la sanction ne doit en aucun cas porter atteinte au narcissisme de l'enfant, à l'image qu'il a de lui, à la valeur qu'il s'accorde, etc. Et la seule solution pour qu'elle ne soit pas humiliante est de bien expliquer à l'intéressé que c'est son acte qui est sanctionné et non sa personne. Et qu'il en est ainsi parce que si l'on pense que son acte est « mauvais », on sait bien, en revanche, que lui ne l'est pas.

C'est une précision essentielle. Françoise Dolto d'ailleurs n'a cessé de le rappeler : il est destructeur d'assimiler un enfant à son acte. Un enfant qui vole, par exemple, doit être (s'il connaît l'interdit) puni pour ce qu'il a fait, mais on n'a pas à le mortifier en lui disant qu'il est « un voleur ». Il a volé mais il n'est pas « un voleur ». Car il ne se résume pas à ce vol.

Ces trois principes sont essentiels. Ils constituent une sorte de cadre dont l'utilité est double.

Il permet en effet que la punition ne soit pas contraire à l'éthique ou, pour le dire dans le langage des adolescents, qu'elle soit « clean » et jamais « glauque ». C'est d'autant plus important que les punitions « glauques » (c'est-à-dire un peu sadiques, un peu humiliantes, etc.), outre qu'elles sont éthiquement condamnables, ratent toujours leur but. Parce que l'enfant entend toujours – au moins inconsciemment – qu'elles ne sont pas claires. Et à partir de là, supposant chez l'adulte une jouissance à le punir, il en conclut en général que c'est cette jouissance et non sa transgression qui l'a poussé à le sanctionner. Conclusion des plus problématiques. D'une part parce qu'elle remet en vigueur la loi du plus fort et celle du bon plaisir. Et d'autre part parce qu'elle transforme la transgression en un simple « prétexte à punir » (« Papa me punit pour ça, mais, comme il me punit pour son plaisir, il aurait pu aussi bien trouver autre chose »). Elle lui ôte donc tout sens et vide par là même de toute signification l'interdit transgressé. On en arrive donc paradoxalement à l'inverse du but recherché.

Ce cadre est également utile car il peut rassurer les parents. En leur donnant des indications précises auxquelles il leur est possible de se référer chaque fois que, au moment de punir, la peur d'outrepasser leurs droits les arrête. Assurés, grâce à des repères clairs, de ne pas « dépasser les bornes », ils peuvent donc agir avec moins d'angoisse et « inventer », dans chaque situation, la punition qui leur semble juste.

Car chaque punition, je l'ai dit, relève de l'invention. C'est une invention dont les parents se passeraient volontiers, mais c'est une invention. Et comme toutes les inventions, elle est en perpétuelle évolution. Cette évolution tient à l'enfant. On ne punit pas un enfant de la même façon qu'un autre. On ne le punit pas à tous les stades de sa vie de la même manière. Mais elle tient aussi au parent lui-même. Et beaucoup le disent : « Avec le premier j'avais tendance à faire comme ça. Avec le second cela ne me semblait plus aussi juste. Alors j'ai fait autrement. »

La punition est toujours une création. Même si, je vous l'accorde, rapporté à un tel sujet, le mot peut sembler étrange… Il n'est donc pas possible d'établir comme les médias le demandent parfois un catalogue ou un manuel des punitions. Un tel manuel est inconcevable. Pour toutes les raisons que j'ai dites. Mais aussi parce qu'il pourrait se transformer très facilement en écrit pervers. Il ne faut pas oublier que la punition – et le fantasme de la punition – occupe une grande place dans le registre de l'érotisme. On peut se demander d'ailleurs si cette ambiguïté éventuelle du mot ne pèse pas plus qu'on ne le croit sur les parents. Et si certains n'ont pas inconsciemment peur de glisser sans le savoir d'un registre à l'autre et de transformer leur enfant en objet érotique. « Tant que je parle à mon enfant, tant que je ne fais que le gronder je suis (à peu près) sûr de ne pas jouir de lui. Mais, si je le punis, est-ce que j'en suis toujours aussi certain ? »

H.M. : Même si les parents n'ont pas ce genre de peurs, il y a quand même une question qui fait débat et qui fait même débat au Conseil de l'Europe, c'est celle de la gifle ou de la fessée. Quelle est votre position ?

C.H. : La réponse est très compliquée. Évidemment, je pourrais me draper dans ma dignité, et vous répondre avec un air profondément indigné : « Vous savez bien que la violence physique n'est pas une méthode d'éducation. Et vous savez bien que la fessée ou la gifle sont souvent pour les parents un aveu d'impuissance. »

H.M. : Ce n'est pas faux, non ?

C.H. : Ce n'est pas faux. Seulement je pense que l'on ne peut pas s'en tenir à ce genre de déclarations. Elles ne rassurent que ceux (ou celles) qui les énoncent. Et elles les rassurent essentiellement parce que, en tenant ces propos « politiquement corrects », ils sont sûrs d'être dans le bon camp, celui des humanistes, des progressistes, de ceux qui ont bien compris que l'enfant était une personne, etc. Donc leur honneur est sauf. Le problème est que ces déclarations qui préservent l'honneur des professionnels (ou du moins ce qu'ils croient tel) laissent les familles en panne. Et même plus qu'en panne.

J'ai reçu (et je ne dois pas être la seule) beaucoup de parents tout à fait estimables, qui respectaient leur enfant ; qui l'écoutaient, qui faisaient de leur mieux tous les jours. Et, tout le monde le sait, ce n'est jamais facile… Ils venaient me dire qu'ils se sentaient terriblement coupables, parce qu'ils avaient lu un article, écouté ou vu une émission, dans lesquels des « spécialistes » expliquaient à quel point donner une fessée à un enfant était grave. Or – ils me l'avouaient avec difficulté, avec honte – il leur était arrivé à eux de le faire, parce que leur enfant avait dépassé toutes les bornes, et que, après avoir épuisé toutes les solutions, ils n'avaient plus trouvé que ce moyen pour l'arrêter. Ou parce que eux-mêmes, ce jour-là, étaient « au bout du rouleau » et qu'ils avaient « craqué ». Ces parents étaient bouleversés. Ils s'accusaient, se remettaient en cause. Ils avaient perdu une grande partie de leur confiance en eux. Ils étaient atteints au plus profond de leur narcissisme de parents.

Je vous assure que je n'exagère pas. Évidemment, ces parents n'avaient pas plongé du jour au lendemain dans une dépression grave. Ils ne se réveillaient pas tous les matins en se disant : « Je suis un mauvais parent. » Et ils se gardaient bien surtout de faire part de leurs angoisses à leur entourage. Mais quand on les écoutait dans ce lieu où l'on peut se laisser aller qu'est le cabinet d'un psychanalyste, on se rendait compte de l'ampleur et surtout de la profondeur des dégâts.

Le scénario était toujours à peu près le même. Ils n'avaient bien sûr pas attendu l'émission ou l'article incriminé pour se poser des questions. Ils s'étaient auparavant souvent interrogés et ils avaient douté d'eux-mêmes. Mais ils avaient réussi à garder, malgré leurs doutes, une image plutôt positive de leurs « capacités parentales ». Ils pensaient : « Ce que je fais n'est sûrement pas parfait, mais bon ça va… » Et puis, tout d'un coup, ils avaient entendu quelqu'un leur déclarer (ce n'est pas ce qui avait été dit, cela va de soi, mais c'est ce qu'ils avaient entendu) : « Vous vous pensez un parent aimant, protecteur, etc. ? Détrompez-vous. Une partie de vous, que vous ignorez, est bien différente. Puisque vous frappez votre enfant. Puisque vous le brutalisez. »

La dramatisation de la gifle ou de la fessée, élevées par un professionnel au rang de maltraitance, avait ouvert devant eux un gouffre. De facteur de vie pour leur enfant, ils étaient devenus facteur sinon de mort du moins de souffrance, de douleur.

H.M. : Je trouve que vous exagérez. On ne peut pas se mettre dans cet état pour une fessée ou deux. Ils devaient bien savoir quand même qu'ils n'étaient pas des tortionnaires !

C.H. : Consciemment ils le savaient, bien sûr. Mais inconsciemment c'est une autre affaire. Parce que dans ce royaume des ombres qu'est notre inconscient, rien n'est aussi simple que vous le dites. Les éléments les plus contradictoires cohabitent sans problème. L'amour donne toujours la main à la haine, la vie voisine toujours avec la mort. Il est donc facile de passer en un instant de l'une à l'autre. Et ce glissement est d'autant plus aisé que nous avons tous en nous des culpabilités enfouies. Du fait de vœux de mort inconscients que nous avons pu avoir, enfants, par rapport à nos parents, nos frères et sœurs… Ces vœux de mort nous donnent la certitude (inconsciente) que nous avons été, que nous aurions pu (et en tout cas que nous pourrions) être des meurtriers. Dès lors, comment ne nous penserions-nous pas potentiellement dangereux pour nos objets d'amour ? Et surtout pour notre enfant, objet particulièrement chéri et qui nous fait toujours revivre inconsciemment notre propre enfance, ses joies, ses douleurs mais aussi ses angoisses ?

Et puis il ne faut pas oublier la place que des parents peuvent donner consciemment et inconsciemment à un professionnel qu'ils entendent parler ou dont ils lisent les écrits. Ils peuvent très facilement transformer ses paroles en vérité absolue et de ce fait indiscutable. Et lui-même peut devenir pour eux (du fait de ce que la théorie analytique nomme le « transfert ») un personnage tout-puissant et tout-sachant. Semblable à l'image qu'ils avaient de leurs parents lorsqu'ils étaient petits. Dès lors si, telle la statue du Commandeur, cette figure de la toute-puissance se dresse devant eux et leur dit « Ce que tu fais est mal ! », comment ne pas s'écrouler ?

H.M. : Et dans ces consultations, l'enfant allait mal ?

C.H : Pas du tout. Il allait en général très bien. Ou en tout cas « normalement bien », si l'on peut dire. Il ne présentait aucun symptôme particulier. Ses parents voulaient néanmoins consulter, pour qu'un « psy » puisse mesurer les conséquences du traumatisme qu'ils croyaient lui avoir fait subir, mais il n'y en avait évidemment aucune. Et l'enfant, à qui je réexpliquais au fur et à mesure (comme je le fais d'habitude) ce que ses géniteurs m'expliquaient, ouvrait de grands yeux. Parce que tout cela était à mille lieues de ses préoccupations. Ce qui n'a rien d'étonnant. Quand un enfant a des parents qui le respectent, pour qui il compte, il le sait. Et il ne le sait pas seulement avec sa tête. Il le sait avec tout son être, avec son corps, avec ses émotions.

L'amour et le respect sont des choses qu'un enfant respire en même temps que l'air, qu'il entend, à la fois dans les mots qui lui sont dits et dans le ton employé pour les lui dire. Et qu'il perçoit sur sa peau. Parce que l'on ne touche pas de la même façon un enfant que l'on aime et un enfant que l'on ne parvient pas à aimer...

Quand l'amour et le respect forment le milieu dans lequel baigne un enfant, il ne prend jamais la gifle ou la fessée qu'il reçoit pour une violence ou une maltraitance. Et il ne va jamais penser que ses parents sont devenus du jour au lendemain d'horribles Thénardier...

H.M. : Des parents qui élèvent « normalement » leur enfant, si l'on peut dire, n'ont donc pas à se sentir coupables s'ils ont donné une gifle ou une fessée ?

C.H. : Votre question revient à me demander si, lorsqu'ils élèvent « normalement » leur enfant, des parents peuvent lui donner une gifle ou une fessée. Or le problème ne peut pas se poser de cette façon. Et il ne doit pas se poser de cette façon. Car la question est beaucoup trop complexe pour que l'on puisse y répondre par « oui » ou par « non ».

H.M. : Pourquoi ?

C.H. : Parce que le « oui » et le « non » sont les deux faces de la même médaille. Dans un cas, on donne une autorisation aux parents. Dans l'autre, on la leur refuse. Mais quoi que l'on réponde, on se cantonne à un seul registre, celui du jugement idéologique ou moral. Or il ne s'agit pas de cela. Il s'agit de comprendre le sens que peut avoir pour un enfant une gifle ou une fessée. Et les effets qu'elles peuvent avoir sur lui. Si l'on en reste au « oui » ou au « non », on n'a aucune chance d'y parvenir. Si l'on répond « non » (« Non, on ne doit jamais »), on est dans la diabolisation de la gifle ou de la fessée. C'est-à-dire dans le discours véhiculé par ces articles ou ces émissions que j'évoquais précédemment et qui mettent à mal les parents. Et si l'on répond « oui » (« Oui, on peut… »), on est dans la banalisation de la gifle ou de la fessée.

Or on ne peut ni les banaliser ni les diaboliser. On ne peut pas les banaliser pour au moins deux raisons :

– elles sont la manifestation d'un rapport de forces qui est toujours, entre l'enfant et l'adulte, inégal. Le risque de l'abus de pouvoir est donc là en permanence. Mais – il ne faut pas l'oublier – ce risque n'est pas particulier à la fessée. Il est inhérent à toute punition. Et même à toute admonestation. L'adulte qui dit des paroles blessantes à un enfant, par exemple, jouit toujours, par rapport à lui, d'une évidente supériorité. Et certains, on le sait, ne se font pas faute d'en user ;

– et elles sont une atteinte au corps de l'enfant. Elles peuvent donc à ce titre constituer une violence (mais, là encore, toute punition peut être une violence…). Et peuvent aussi, ce qui est encore plus complexe, être érotisées par lui, c'est-à-dire devenir, si elles se répètent, une source d'émotion sensuelle. Source qui pourra même être utilisée, plus tard, pour la construction de sa sexualité adulte.

Mais si on ne peut banaliser la gifle ou la fessée, on ne peut pas non plus les diaboliser. C'est-à-dire les faire apparaître systématiquement comme des violences et des maltraitances. Je crois qu'il faut poser les choses clairement.

Le parent qui n'a comme seule réponse aux transgressions de son enfant que les coups est évidemment un parent maltraitant. Celui qui respecte son enfant mais a recours à la fessée quand il ne voit pas comment faire autrement ne l'est pas. Et, n'en déplaise aux bonnes âmes, il me semble extrêmement grave de lui faire croire qu'il l'est.

Il est donc impossible de parler, comme on le fait trop souvent aujourd'hui, de « la » gifle ou de « la » fessée. « La » gifle ou « la » fessée, cela n'existe pas. Chacun de ces gestes ne peut être analysé qu'en fonction du contexte dans lequel il s'inscrit. Et il faut en la matière plus encore qu'ailleurs se méfier des bons sentiments, des jugements à l'emporte-pièce et surtout des idéaux aussi « bien-pensants » qu'inatteignables. Il faut redescendre sur terre. Dans la réalité. Et dans la « vraie vie », qui n'est jamais idéale. On peut alors poser que la gifle ou la fessée ne font pas partie des punitions que l'on doit recommander (encore une fois parce qu'il n'y a pas lieu de les banaliser), mais – et ce « mais » est essentiel – d'une part qu'elles sont souvent très difficiles à éviter pour les parents, et que, d'autre part, quand elles surviennent, il n'y a pas lieu de les dramatiser *a priori*. Parce que – je viens de lè dire – le sens qu'elles peuvent prendre pour un enfant dépend toujours du contexte dans lequel il vit.

H.M. : J'aimerais que l'on reprenne ces deux points très importants pour les parents. Commençons par le premier. Pourquoi la gifle ou la fessée sont-elles difficiles à éviter ?

C.H. : Pour deux raisons. D'abord parce que les parents ne sont pas des « supermen » ou des « superwomen ». Ils ont des limites. Ce qui veut dire qu'il y a des limites à ce qu'ils peuvent supporter. Ces limites varient selon les individus et selon les moments, mais elles existent toujours. Et non seulement il n'est pas destructeur pour l'enfant que ses parents lui montrent qu'elles existent, mais c'est très important pour sa construction.

Les manifestations de colère, de rejet, etc., par lesquelles ses géniteurs lui signifient que ce qu'il fait ou dit leur est insupportable font en effet partie des choses qui lui permettent d'appréhender ce qu'est un autre. Autrement dit de comprendre qu'un autre – quel qu'il soit – est un être vivant, et non une poupée ou un ours en peluche dont on peut faire ce que l'on veut. Qu'il a des goûts, des dégoûts, des désirs différents des siens. Que certaines paroles ou attitudes peuvent le faire souffrir. Et elles lui permettent aussi de réaliser que ses géniteurs, qu'il imagine dotés de tous les pouvoirs, ne sont pas aussi « tout-puissants » qu'il le croyait. C'est une découverte très importante, à la fois rassurante et utile.

Elle est rassurante car, confronté à un être à qui il peut tout dire et tout faire sans qu'il réagisse, un enfant finit toujours par penser que cet être est un personnage invincible. Semblable à ceux sur lesquels, dans les films, on peut tirer à l'infini sans qu'ils meurent jamais. Or un tel personnage, s'il est indéniablement fascinant, est aussi source d'immenses angoisses…

Par ailleurs cette découverte est utile car réaliser que ses parents, loin d'être invincibles, ne sont que des êtres de chair, de sang… et de limites permet également à l'enfant de penser qu'il peut, sans risquer le pire, s'autoriser à s'opposer à eux, à leur dire non et même, le moment venu, à les quitter…

Quant à la deuxième raison pour laquelle gifle et fessée ne sont pas toujours évitables, elle tient au fait que les enfants ne sont pas des anges. Et que la violence n'est pas – loin s'en faut – l'apanage des seuls parents. Ceux-ci ont, certes, un indéniable pouvoir sur l'enfant. Mais celui-ci n'en est pas pour autant dépourvu.

H.M. : Vous voulez dire que l'enfant n'est pas « innocent », comme on le qualifie souvent ?

C.H. : Il y a, entre les parents et les enfants, une dissymétrie fondamentale qui justifie d'ailleurs la responsabilité parentale. Dans tous les domaines, donc dans celui des conflits. C'est aux parents de trouver les moyens de les régler, pas aux enfants.

Je rappelle simplement ce que la pratique analytique a permis de découvrir : l'enfant n'a, du point de vue de la complexité de son fonctionnement psychologique, rien à envier à l'adulte. Il a de nombreuses ressources dont il peut parfaitement user. Et dans la vie quotidienne, il en use très souvent.

D'abord parce qu'il a besoin – à intervalles réguliers – d'installer sous des prétextes divers un rapport de forces avec ses parents. Ces affrontements lui sont nécessaires d'une part pour vérifier la solidité des limites qui lui ont été mises, d'autre part parce que, même s'il a globalement accepté les interdits, il essaie toujours, à un moment ou à un autre, de les faire céder et de réaffirmer sa toute-puissance.

Les situations qu'il provoque dans ce but sont toujours très pénibles pour ses parents. Et – il faut le souligner – il est normal qu'elles le soient. Car l'enfant, qui veut les mettre en échec, tente de les pousser à bout. Et peut leur faire vivre de ce fait une très grande violence, d'autant plus insupportable pour eux qu'ils ont en général du mal à la reconnaître comme telle.

Les parents sont en effet souvent démunis lors de ces conflits. Ils sont empêtrés à la fois dans le mythe d'un enfant « innocent », que vous avez évoqué tout à l'heure, et dans l'idéal fallacieux d'un géniteur qui, pour être « bon », devrait tout supporter. De ce fait ils ne parviennent pas à se dire, comme ils se le diraient si leur interlocuteur avait vingt ans : « Mais enfin, ce qu'il me fait vivre est insupportable ! » Et, ne se sentant aucune légitimité véritable, n'arrivent pas à faire preuve d'une autorité suffisante pour mettre un terme à l'affrontement.

L'enfant qui inconsciemment attend une limite qui ne vient pas et dont il a besoin continue donc, pour l'obtenir, son escalade. Le conflit s'aggrave. La situation empire. Et c'est généralement quand le parent n'en peut vraiment plus que la gifle ou la fessée surviennent. Car elles sont souvent, à ce moment-là, pour lui une sorte d'ultime recours. Le seul moyen qu'il trouve pour prouver à l'enfant et surtout se prouver à lui-même qu'il n'a pas été réduit à néant ; qu'il n'est pas devenu « rien ».

Et les enfants sont d'autant plus susceptibles de pousser leurs parents à bout qu'ils ont un grand talent pour repérer les fragilités et les failles qui sont les leurs du fait de leur propre histoire (et que très souvent ils ignorent eux-mêmes) et pour en jouer.

Certains enfants ont pour cela un véritable génie. Ils savent admirablement comment faire « craquer » leur père ou leur mère. Et lorsqu'ils ont découvert que c'était possible, ils s'en donnent à cœur joie. Mettez-vous à leur place : voir une grande personne vociférer et s'agiter comme un pantin désarticulé est un spectacle qui mérite que l'on se donne un peu de mal ! Françoise Dolto, avec sa perspicacité habituelle, l'avait remarqué. Elle disait avec beaucoup d'humour que les enfants aiment bien « tirer sur les cloches pour voir si elles vont sonner »…

On rencontre en consultation un grand nombre de ces « experts en cloches ». Et l'on peut chaque fois constater à quel point la façon dont ils manipulent (en grande partie inconsciemment bien sûr) leurs parents peut être ressentie comme violente par ces derniers. D'autant plus violente que les affrontements parents-enfants se situent sur deux plans. Ils mettent en jeu le conscient. Avec ce qu'il suppose de perception (relativement) objective de la réalité. Mais ils mettent aussi en jeu l'inconscient. Et là, tout se complique. Car l'opposition systématique de son fils ou de sa fille peut très bien, sans qu'il le sache, renvoyer un parent au cauchemar enfoui de ses propres impuissances d'enfant. À toutes les situations terribles où un adulte (ou un aîné) tyrannique lui a dit : « Moi, je fais ce que je veux. Et toi, tu m'obéis ! » Cette plongée dans un passé douloureux peut être pour lui dramatique…

H.M. : La gifle ou la fessée sont tout de même tou-jours pour le parent un aveu d'impuissance ?

C.H. : Je n'aime pas beaucoup ce terme. Je le trouve dévalorisant pour les parents. Et surtout faux. En disant les choses de cette façon, on oublie que l'impuissance dont on parle n'a rien de pathologique. Et qu'elle est même normale. Le parent se trouve en situation d'impuissance parce que l'enfant a tout fait pour le réduire à cette impuissance. C'est le but qu'il recherchait (inconsciemment) pour prouver à son géniteur et se prouver à lui-même qu'il était tout-puissant. Il est important de le rappeler, parce que les parents, je l'ai dit, sont le plus souvent perdus par rapport à ce « jeu » de leur enfant. Ils se sentent mal à l'aise et surtout coupables. Coupables de ne pas s'en sortir mieux, c'est-à-dire aussi bien que le parent idéal qu'ils ont dans la tête et auquel ils voudraient ressembler alors que, bien sûr, il n'existe pas… Coupables de la colère qu'ils éprouvent. Et ils se sentent d'autant plus coupables que, pour la plupart, ils ignorent que ce jeu de l'enfant a un sens. Que celui-ci a des intentions, qui, pour être inconscientes, n'en sont pas moins précises. Lorsqu'on leur explique : « Il est parfaitement normal que vous soyez énervés. Il fait tout pour cela. C'est sa façon à lui de "faire le chef" », ils tombent des nues. Ils sont soulagés et surtout mieux armés lorsque la situation se reproduit. Ils ne s'énervent plus de la même façon parce qu'ils comprennent ce qui se passe. Et, au cours du travail qu'ils font avec un psychanalyste, ils peuvent aussi repérer quelle place ils ont, sans le savoir, donné inconsciemment à leur enfant.

Quand un père comprend, par exemple, que son fils le mène en bateau comme son frère aîné (ou sa mère, ou son père…), autrefois, le menait en bateau, tout est réglé. L'enfant n'a plus de prise. Et va beaucoup mieux lui aussi, car, il faut le savoir, un enfant qui peut impunément manipuler (voire sadiser) ses parents ne va jamais bien. Et il est intéressant de constater à quel point, si on les lui explique, il comprend leurs réactions. J'ai souvent été amenée dans mon bureau à le faire. À dire par exemple à un enfant : « Ta mère t'a donné une fessée. Et – tu l'entends comme moi – elle le regrette. Parce que ni ton père ni elle n'ont envie d'avoir ce genre de rapports avec toi. Mais, reconnais-le, tu avais exagéré. Ta petite sœur était malade. Ta mère devait l'emmener chez le médecin après t'avoir déposé à l'école et elle était très inquiète. Elle t'a dit dix fois de t'habiller. Et, la onzième fois, quand elle est revenue dans ta chambre, tu étais encore en pyjama et tu jouais avec tes petites voitures. Tu crois que c'est normal ? Moi, je comprends qu'elle en ait eu assez. Tu supporterais, toi, que l'on te traite de cette façon ? Je suis sûre que non ! »

L'enfant comprend parfaitement ce genre d'explication et ne se sent aucunement maltraité de façon injuste.

H.M. : Vous laissez entendre que cet enfant était responsable de la situation ?

C.H. : Je dis seulement que cet enfant s'était conduit avec sa mère d'une façon qui n'était pas admissible.

H.M. : Même à son âge ?

C.H. : Même à son âge. Il n'était plus un bébé. Il avait quatre ans et demi. Il était intelligent et éveillé. Il avait de plus parfaitement compris de quoi il s'agissait et il savait ce qu'il faisait. C'est-à-dire qu'il savait très bien que sa mère était inquiète, qu'il risquait, en traînant comme il le faisait, non seulement d'être en retard à l'école mais de lui faire rater son rendez-vous chez le médecin. Et il continuait néanmoins à traîner…

H.M. : Mais s'il avait compris, pourquoi le faisait-il ?

C.H. : Pour des raisons sans rapports avec une pathologie particulière, la suite de la séance a permis de le vérifier. Il avait seulement besoin, ce matin-là (tous les enfants le font et le refont, je l'ai dit), de vérifier si les limites tenaient toujours. Alors il a essayé. De ne pas tenir compte de ce que sa mère lui

disait, d'être le maître des horaires, etc. Il a essayé de
« faire le chef », comme on dit. Et, au passage, de se
venger un peu de sa petite sœur vis-à-vis de laquelle
il n'avait pas (c'est humain) que des sentiments posi-
tifs… Il a fait cela d'autant plus tranquillement que,
son père étant en voyage depuis deux jours, il a pensé
qu'il pouvait en toute impunité régner sur la maison.
La fessée de sa mère (qui a eu d'autant plus d'effet
que ce n'était pas son habitude de lui en donner) a
été salutaire. Elle lui a fait comprendre que ce n'était
pas possible. Dans les cinq minutes qui suivaient,
il s'est habillé. Et il ne l'a pas fait parce qu'il avait
peur d'elle et de sa force physique (cette femme était
d'une grande gentillesse et d'une grande douceur),
mais parce qu'il a entendu que, cette fois, il ne s'agissait plus de discuter, que la limite était sans appel. Et,
je le répète, il l'a d'autant mieux compris que la fessée ne faisait pas partie de son univers habituel.

*H.M. : On pourrait vous rétorquer que sa mère
aurait pu trouver un autre moyen de le faire obéir.*

C.H. : On le pourrait (et on ne manquera sans doute
pas de le faire). Parce qu'il est toujours facile, de l'extérieur, de dire aux autres, après coup, ce qu'ils auraient
dû faire. Mais, pour ma part, je ne vois pas de quel
droit j'aurais condamné cette mère. Elle était, face
aux refus obstinés de son enfant, à bout d'arguments.
Elle n'a pas décidé de lui donner une fessée après
avoir mûrement réfléchi. Elle l'a fait parce qu'elle ne

voyait plus quoi faire d'autre. Elle était, c'est vrai, en colère, mais elle avait des raisons de l'être. Ce que faisait cet enfant était (évidemment sans qu'il s'en rende compte) très violent pour elle. Parce qu'il niait de fait sa personne, sa parole, son inquiétude, la maladie de sa petite sœur. C'est-à-dire qu'il se conduisait comme s'il était le centre du monde et manifestait qu'il n'avait aucun respect pour autrui. Ce qui est très grave.

H.M. : Mais encore une fois, on va vous répondre qu'il était petit…

C.H. : Il n'était pas « petit », au sens où vous l'entendez, et j'ai expliqué pourquoi. De toute façon, en la matière l'âge ne fait rien à l'affaire. Il est même un piège, parce que, à partir du moment où un enfant comprend ce qui lui est dit et ce qu'il fait, l'âge n'a pas d'importance. Je le dis souvent aux parents : « Et s'il avait quinze ans et qu'il fasse la même chose, vous diriez quoi ? » Leur réaction est toujours intéressante. Ce qui leur semblait une « bêtise de petit » leur apparaît soudain sous son vrai jour et dans ses vraies dimensions.

Pour en revenir à ce petit garçon, je maintiens que ce qu'il faisait n'était pas admissible. On n'a pas le droit de se moquer de la vie des autres et de leur inquiétude. C'est un manque de respect à leur égard. Et ce manque de respect est grave. Que l'on ait cinq ans, quinze ans ou quatre-vingt-cinq ans.

Et je le lui ai expliqué dans mon bureau. Comme je vous le dis là. C'était important pour lui. Il est toujours très important de faire comprendre à un enfant la véritable dimension de ses actes et pourquoi on les lui reproche. Je lui ai dit : « Tu vois, pour toi, cette histoire, c'était une petite histoire. Tu n'avais pas envie de t'habiller, tu avais envie de continuer à jouer. Et la maladie de ta sœur tu t'en fichais, parce que tu penses – tu nous l'as dit tout à l'heure – que, de toute façon, c'est une casse-pieds. Donc, pour toi, ce n'était pas grave. Mais pour ta mère, c'était grave. Et ça l'aurait été pour n'importe qui. Donc ce que tu as fait n'était pas possible. Parce que, quand quelqu'un a des problèmes, ce n'est pas possible de lui en ajouter encore plus… » Ce petit garçon a très bien compris.

H.M. : Vous l'avez renvoyé à ses responsabilités comme s'il était grand ?

C.H. : Bien sûr. Je lui ai parlé avec des mots qu'il pouvait comprendre. Mais je lui ai dit les mêmes choses que je lui aurais dites s'il avait eu seize ans ou vingt ans. Et, encore une fois, il a très bien compris. Je ne lui ai pas fait de leçon de morale. Je ne l'ai aucunement culpabilisé en lui disant : « Ce que tu as fait est très mal, mon petit garçon. Tu as fait souffrir ta maman, etc. » Je lui ai seulement expliqué pourquoi, au regard des lois humaines et d'une conduite civilisée, la sienne n'était pas admissible. Et c'était essentiel. Parce que, si l'on veut qu'un enfant apprenne ce qu'est le respect de l'autre, il faut bien sûr que ses parents le respectent. Mais il faut aussi qu'ils exigent d'être respectés par lui. Parce que le respect, ce n'est pas à sens unique. Ce que l'on oublie trop souvent aujourd'hui.

On accuse Françoise Dolto d'avoir favorisé la fabrique d'« enfants rois » parce que – nous l'avons vu – on n'a gardé de son enseignement que la partie où elle prône le respect de l'enfant par ses parents. Mais elle pose très clairement aussi que l'enfant doit apprendre à respecter les autres, parce que, dans une société civilisée, on n'a pas de droits sans devoirs.

Or un « enfant roi » est un enfant à qui l'on a laissé croire qu'il avait tous les droits et aucun devoir. Et c'est le contraire de l'éducation. Être éduqué suppose que l'on ait appris que, lorsque l'on vit avec les autres, on a des devoirs envers eux. Et cet apprentissage des devoirs qu'implique la vie avec ses semblables se fait tous les jours, dans les petites choses de la vie.

Quand une mère, à table par exemple, dit à son enfant qui lui coupe la parole : « Ton père et moi venons de t'écouter sans t'interrompre. Maintenant j'ai quelque chose à lui dire, laisse-moi parler », elle lui permet de faire cet apprentissage.

H.M. : Donc vous pensez que la fessée de sa mère a permis à cet enfant de comprendre tout cela ?

C.H. : Sa fessée, les explications qu'elle lui a données ensuite. Celles que son père a ajoutées quand il est rentré de voyage et mes propres explications.

H.M. : J'ai du mal à admettre que la fessée puisse être une bonne chose, comme vous semblez le dire !

C.H. : Mais je ne dis absolument pas cela. Et je ne pense absolument pas cela ! Cette fessée n'était ni une bonne ni une mauvaise chose. C'est une chose qui a eu lieu entre une mère aimante et « éduquante » et un enfant qui avait passé les bornes. C'est tout ce que l'on peut dire.

H.M. : Si la mère n'avait pas donné cette fessée, qu'est-ce qui se serait passé ?

C.H. : C'est une excellente question. Et on oublie trop souvent de se la poser. Ce qui se serait passé est assez facile à imaginer. Cette mère serait restée impuissante. Elle aurait continué à crier à son enfant qu'il fallait qu'il s'habille et à constater qu'il ne s'habillait pas. Et lui serait resté tout-puissant, à croire que (au moins quand son père n'était pas là) il était le roi du monde. Et cela aurait été grave pour lui. Les incidents de ce genre qui jalonnent le quotidien des familles, et qui n'ont l'air de rien ou de pas grand-chose, marquent en effet très profondément un enfant. C'est eux que l'on retrouve lorsque l'on essaie par exemple de comprendre en consultation pourquoi tel enfant en passe d'être renvoyé de l'école n'arrive pas à s'adapter à cette institution et à en respecter les règles. On constate alors souvent que, habitué à ne faire chez lui que ce qui lui plaît, il ne peut pas comprendre que le système, à l'extérieur, soit différent.

Il ne faut jamais oublier que l'éducation n'est pas faite de grandes choses et de grands moments. Elle se joue toujours dans une succession de détails apparemment infimes, parce que ces détails ont toujours pour l'enfant une très grande valeur symbolique.

Accepter qu'un enfant ne s'habille pas alors qu'on le lui a déjà demandé dix fois et que l'heure tourne, cela peut nous sembler, à nous adultes, anecdotique. Pour l'enfant, cela ne l'est pas. Il n'interprète jamais la situation comme un incident mineur. Il ne pense jamais que le parent qui cède ce matin-là va redresser la barre le lendemain. Ce qu'il entend toujours, lui, c'est que son rêve se réalise. Et qu'il est définitivement le plus fort… la toute-puissance et le principe de plaisir sont en permanence prêts à reconquérir le terrain que l'éducation leur a fait perdre. Donc je ne reprocherais pas à cette mère (qui, encore une fois, n'avait pas pour habitude de frapper ses enfants) d'avoir donné cette fessée.

D'autant que, en la donnant, elle a permis à son fils de comprendre une autre chose très importante. Elle lui a permis de comprendre que, dans la vie, si l'on pousse les gens à bout, on prend des risques.

Parce que l'on peut susciter chez eux des réactions violentes.

Beaucoup d'enfants l'ignorent, et cela pose des problèmes pour leur sécurité. Il y a par exemple des enfants qui se font régulièrement casser la figure par les autres, dans la cour de l'école ou au centre aéré, parce qu'ils trouvent très rigolo d'aller en permanence les « provoquer ». Et ils sont en général surpris de ce qui leur arrive. Vivant avec des parents qui supportent tout sans jamais se fâcher, ils n'imaginent pas que l'on puisse se mettre en danger en malmenant les autres.

H.M. : Mais j'insiste, n'y avait-il pas quand même, dans ce cas précis, d'autre solution que la fessée ?

C.H. : Dans l'absolu il y en avait certainement d'autres. Et, si l'on se situe dans le registre de l'éducation idéale, on peut toujours dire que l'idéal eût été que cette mère convainque, par ses seules paroles, cet enfant de s'habiller. Mais on n'était pas dans l'idéal. On était dans la réalité. Et, dans la réalité, cette mère-là, ce jour-là, avec cet enfant-là, n'a pas réussi à faire autrement.

Elle y parvenait d'habitude, sans doute. Puisque, je le dis et je le redis, elle n'avait pas pour habitude de donner des fessées. Mais là, elle n'a pas pu. Dès lors, la condamner serait injuste et lourd de conséquences.

Car évaluer les actes des parents en fonction d'un idéal d'éducation est non seulement dénué de sens mais destructeur. Cela les conduit inéluctablement à déconsidérer ce qu'ils font et à se déconsidérer eux-mêmes. Et cela perturbe toujours très gravement la relation à leurs enfants.

H.M. : On en arrive donc au second point que je voulais reprendre. Cette idée que la façon dont un enfant ressent une gifle ou une fessée dépend du contexte dans lequel il vit. C'est important. Parce que notre plus grande peur, lorsqu'on donne une gifle à un enfant, est de nous sentir proches des parents maltraitants dont on parle dans les faits divers, de ces parents qui cognent leurs enfants. On s'assimile à l'image insupportable de parents qui usent de leur force contre un tout-petit.

C.H. : L'exemple que je viens de vous donner permet de vous répondre. L'enfant que j'évoquais ne s'est absolument pas senti martyrisé. Il a seulement compris qu'il y avait des limites à ce qu'il pouvait faire et qu'il les avait passées. Et il a pu le comprendre parce qu'il vivait une éducation sans violence. Et que la fessée qu'il a reçue n'était pas une maltraitance.

Mais évidemment, il existe des gifles et des fessées qui sont des actes de maltraitance. Celles-là sont ressenties par l'enfant comme des violences et des humiliations. Et elles laissent, pour la vie, des traces.

Ces fessées-là sont celles, systématiques, qu'il reçoit parce que l'adulte jouit de les lui donner. Soit parce que cet adulte ne trouve du plaisir que dans la souffrance de l'autre. Soit parce que exercer son pouvoir sur un plus faible lui donne un sentiment de puissance qu'il ne peut obtenir autrement.

Quand on travaille dans le domaine de la maltraitance, on découvre (toujours, malgré les années, avec la même horreur et la même stupéfaction) ces existences massacrées. Ces enfants qui savent que, chaque jour, au retour de l'école – le seul lieu où ils peuvent respirer à peu près librement –, ils vont retrouver l'adulte et son visage déformé par une colère incompréhensible que tout (et surtout n'importe quoi) peut déclencher. Qu'ils vont subir à nouveau les coups de poing et de pied donnés sciemment et systématiquement dans le ventre, dans le dos, dans la tête, que les bras ne parviennent pas à protéger. Je donne ces détails horribles d'abord parce qu'il est important de savoir que cela existe, mais aussi parce que c'est en précisant ce qu'est la maltraitance que l'on peut dire ce qui n'en est pas. Et comprendre par exemple que faire passer la fessée occasionnelle d'un parent aimant pour un acte maltraitant est non seulement une absurdité, mais, qu'on le veuille ou non, une façon de nier ce qu'est la vraie maltraitance.

Quand ces enfants maltraités réussissent à ne pas mourir sous les coups ou à ne pas devenir fous d'horreur et de douleur, ils racontent parfois, devenus grands, sur le divan d'un psychanalyste, ce que fut leur calvaire. « Mon père exigeait que le chien reste attaché en permanence. Évidemment, cet animal hurlait. Alors, tous les soirs, quand il rentrait, mon père le frappait à coups de laisse. Et ensuite il nous frappait, mon frère et moi. Il trouvait toujours un prétexte. C'était comme un rituel. Chaque soir on savait que ça allait recommencer… »

D'autres enfants, qui ne vivent pas – apparemment du moins – dans la maltraitance systématique, reçoivent des coups (fessées, claques, ou autres…) qui sont, pour eux aussi, autant de traumatismes, parce qu'ils leur disent chaque fois la haine et le rejet de leurs parents.

L'adulte les frappe comme s'il les accusait d'être là, d'exister. Comme s'il voulait les faire disparaître. Parce qu'il répète ce qu'il a lui-même vécu ou parce que ses enfants représentent inconsciemment pour lui quelque chose qu'il ne peut pas assumer… Les raisons sont multiples. Il ne sanctionne pas la transgression éventuelle de l'enfant mais son existence même. Il le frappe parce qu'il (ou elle) est pour lui « celui qui fait des choses pareilles ». La moindre faute est dramatisée. Et l'enfant se sent coupable. Accusé d'une faute qu'il ignore. Il voudrait comprendre et n'y parvient pas. Dans ce genre de cas – les intéressés le disent –, ce ne sont pas les coups qui font le plus mal, même s'ils sont douloureux. C'est ce dont ils sont porteurs et que l'enfant, même s'il ne le comprend pas, ressent. Comment vivre si l'on sait que l'on est, pour ses parents, un objet d'horreur et de dégoût ?

Ces violences-là, qui associent toujours maltraitance physique et psychologique, n'ont rien à voir avec la fessée donnée par un parent « normal ». Encore une fois, les enfants ne s'y trompent jamais. Et bien des parents eux-mêmes peuvent faire la différence.

Il n'est pas rare, par exemple, que certains consultent parce qu'ils sentent à certains moments monter en eux une violence qui n'a rien à voir avec la réalité de ce qu'ils vivent, et qui les terrifie.

« Il y a des jours, je ne sais pas pourquoi, je suis pris d'une envie de le frapper... »

Ces parents découvrent toujours que ces « envies » renvoient à des épisodes enfouis dans leur propre histoire. À des maltraitances subies par eux-mêmes (ou un membre de leur fratrie) et dont ils avaient perdu la mémoire consciente. Ou à une identification (toujours inconsciente) à un adulte violent de leur enfance. Elles sont toujours une remise en scène du passé.

Pourquoi est-il si difficile de punir ?

H.M. : Vous dites qu'une fessée n'est pas for-cément un drame. Comment expliquez-vous alors qu'elle suscite, chez certains spécialistes, une telle levée de boucliers ?

C.H. : Gifles et fessées sont souvent aujourd'hui, je l'ai dit, dramatisées et érigées en violences, au point qu'un magistrat, dont les engagements font qu'il ne peut être suspecté de favoriser la maltraitance, Philippe Chaillou[1], a pu écrire : « Pourquoi actuelle-ment est-il devenu strictement impossible de parler d'une gifle donnée par un père ou une mère à l'un de ses enfants sans que cela soit considéré comme un mauvais traitement ? »

Le débat est très important, parce qu'il est un symptôme de ce qui se passe actuellement dans notre société autour de l'enfant et de l'éducation. Les professionnels qui diabolisent gifles et fessées,

---

1. Philippe Chaillou, *La Violence et les Jeunes*, Gallimard, 1996, p. 42. Philippe Chaillou est président de la Chambre spé-ciale des mineurs à la cour d'appel de Paris.

qui les font passer, quel que soit le contexte, pour des mauvais traitements invoquent en effet le respect de l'enfant auquel elles porteraient atteinte. Nous avons déjà abordé cet argument. Il est de poids, et il a pour avantage de réduire au silence les contradicteurs éventuels, qui n'ont aucune envie de se voir traiter de réactionnaires, de partisans des châtiments corporels, de suppôts des éducations militaires, etc.

C'est un argument de poids, mais c'est un argument que l'on peut interroger. Car lorsqu'on parle là de respect de l'« enfant », de quel enfant est-il question?

S'il s'agit de l'enfant réel, tel que notre société le fait vivre en ce début de XXI⁰ siècle, il est en danger. Mais il n'est pas en danger du fait des coups qu'il pourrait recevoir. Il y a encore, et il y aura toujours, trop d'enfants maltraités. Je peux l'affirmer parce que la lutte contre la maltraitance fait partie des combats que je mène depuis des années[1]. Et même ajouter que, pour ma part, je considère que les enfants maltraités ne sont pas – loin s'en faut – protégés comme il le faudrait.

Mais, quelle que soit l'importance de la maltraitance, les brutalités parentales sont loin d'être pour les enfants le principal danger.

---

1. Deux films, notamment, témoignent de ce combat. Ils ont été diffusés sur France 5 en 2001 : Élisabeth Coronel, Claude Halmos, Arnaud de Mezamat, *Maltraitance, la souffrance et le silence, Maltraitance, la preuve et le soin*, Abacaris Films.

Les enfants de notre époque sont en danger pour deux raisons :

– ils le sont du fait des difficultés économiques qui hypothèquent gravement leur départ dans la vie. J'ai travaillé longtemps dans une banlieue dite « difficile » avec des enfants dont, pour la plupart, les parents et les grands-parents étaient chômeurs. Il était clair qu'ils savaient tous, très tôt, à leur manière, qu'ils étaient nés du mauvais côté de la barrière ; qu'ils étaient « hors jeu ». Et cela pesait très lourd sur leur construction. Comment se construire lorsque l'on sait que, au bout de l'enfance, la route vers le monde vous restera probablement fermée ? C'est aussi grave que d'être condamné au fauteuil roulant alors que l'on a des jambes capables de marcher !

– les enfants sont en danger également du fait de la dévalorisation actuelle de l'éducation, qui rend un nombre de plus en plus important d'entre eux incapables de vivre en société. Quand elle ne les condamne pas, à un âge de plus en plus précoce, à la délinquance.

Or, nous l'avons évoqué ensemble, cette dévalorisation de l'éducation est une conséquence de la conception actuelle des rapports parents-enfants. Conception qui, réduisant ces rapports à des sentiments, a fait peu à peu de l'enfant un objet d'amour sacralisé et quasiment fétichisé.

Quand, négligeant la réalité pourtant préoccupante, des professionnels font de la lutte contre la fessée un combat central (voire une croisade), on peut donc se demander si ce n'est pas, sans le savoir, de cet enfant fétichisé qu'ils parlent. Et si, toujours sans le savoir, ils ne condamnent pas gifles et fessées parce qu'elles seraient une atteinte portée à cet enfant idéalisé. Ou, pour le dire autrement, une sorte de crime de « lèse-fétiche ».

Le respect de l'enfant est primordial. Mais respecter un enfant, ce n'est pas seulement s'abstenir de le frapper. Et lui fabriquer l'enfance prétendument idéale dont on aurait rêvé soi-même.

C'est d'abord et avant tout le considérer comme un être à part entière, qui n'est pas là seulement pour être toujours content et rendre toujours contents ses parents. C'est penser qu'il a une vie à construire et l'aider à la construire pour qu'il puisse partir un jour.

Cela suppose de l'éduquer. Et, encore une fois, l'éducation ne peut pas se faire seulement avec des câlins, des bonnes paroles et des bons sentiments.

H.M. : Vous voulez dire qu'elle doit se faire avec des gifles si besoin est ?

C.H. : Je ne dis pas cela. Et j'ai expliqué pourquoi. Dire qu'une gifle ou une fessée n'est pas forcément un drame ne veut pas dire que l'on est « pour » les gifles et « pour » les fessées ! Il est terrible que les choses ne puissent être entendues que de cette façon ! Ce que je dis, c'est que le combat à mener aujourd'hui pour ce que Françoise Dolto nommait la « cause des enfants » ce n'est pas le combat contre les fessées. C'est le combat contre l'absence d'éducation. Parce que l'absence d'éducation est une violence. Bien plus destructrice que les gifles ou les fessées. Et l'on pourrait même dire définitivement destructrice parce qu'elle hypothèque toute la vie d'un enfant.

Ce que je dis c'est que, entre des parents aimants, respectueux de leur enfant et soucieux de l'éduquer, et susceptibles, quand cela leur semble nécessaire ou quand ils n'arrivent pas à faire autrement, de lui donner une fessée, et des parents qui laissent leur enfant tout faire au nom de ce qu'ils croient être le « psychologiquement correct », je choisis évidemment les premiers.

Nous en connaissons tous, des parents qui laissent tout faire. Nous connaissons tous des enfants qui, par exemple, quand leurs parents reçoivent des amis, viennent lancer leur ballon au milieu du salon, jouent à cache-cache entre les chaises, cassent les verres, etc. Et nous savons tous que ce supposé vert paradis de la liberté enfantine finit toujours dans la violence. Parce que, attendant de leurs parents une limite qui ne vient pas, ces enfants finissent en général par se la donner à eux-mêmes, en se blessant par exemple d'une façon ou d'une autre.

Les parents comme ceux-là ne le savent pas mais ils ne respectent pas leur enfant. On ne respecte pas un enfant quand on le laisse se conduire comme un animal. Les petits chiots courent partout dans une maison et renversent tout sur leur passage. Et c'est normal. Cela fait partie de leur vie de petits chiots. Mais il n'est pas normal que des enfants humains se conduisent de cette façon.

H.M. : Vous pensez donc que, dans ce cas, on respecte plus un enfant si on lui donne une fessée pour l'arrêter ?

C.H. : On le respecte si on lui met une limite, qui est une façon de lui dire : « Tu vaux mieux que cela. » Et de lui rendre une dignité. Certains parents qui se sentent sûrs d'eux-mêmes arrivent très bien à mettre cette limite avec des mots. D'autres n'y parviennent pas, soit parce qu'ils n'ont pas la même assurance, soit parce que l'enfant est dans un tel état d'excitation qu'il a besoin qu'on le contienne physiquement. Et de la maîtrise physique on passe souvent à la fessée… L'essentiel en tout cas est que la limite soit mise.

Je l'ai écrit ailleurs[1] mais je ne peux que le répéter ici. L'absence d'éducation est une maltraitance. Elle est aujourd'hui en France la maltraitance la plus problématique et la plus répandue. Or, quand on diabolise la gifle ou la fessée, quand on dit aux parents : « Si vous donnez une fessée, vous êtes maltraitants », on ne les aide pas à éduquer leurs enfants. Au contraire. On leur donne une image tellement négative de leur

---

1. *Pourquoi l'amour ne suffit pas, op. cit.*

agressivité qu'on les réduit à l'impuissance. Ils sont sommés de museler leur spontanéité, entravés. Et cela n'est pas sans effets. Parce que l'enfant le sent. Il sent que le parent, face à lui, est ligoté, empêché. Alors – et pour son malheur – il en profite. Et cela donne ces situations de conflit dont j'ai parlé. Et qui se terminent souvent précisément par des fessées.

Cela vous paraîtra peut-être paradoxal. Mais je pense, pour avoir écouté beaucoup de parents, que la diabolisation systématique de la fessée non seulement n'empêche pas les fessées, mais qu'elle les favorise.

Le parent à qui l'on a donné la peur de lui-même est en effet totalement démuni face à son enfant. Celui-ci se retrouve donc sans boussole, privé de tout repère, perdu. Il multiplie les transgressions et le parent débordé, dépassé, ne voit en général plus d'autre solution que la fessée. Alors que si on l'aidait à dédramatiser ses actes au lieu de les condamner par avance, la situation serait différente. Il se sentirait une valeur et une légitimité et, confiant en lui-même, trouverait – au moins dans certains cas – une autre solution.

La diabolisation de la fessée aggrave donc encore les problèmes que les parents peuvent avoir avec l'autorité.

H.M. : J'aurais aimé que l'on revienne un peu sur ces difficultés. Vous parliez de la peur que les parents peuvent avoir d'eux-mêmes. Sans aller jusque-là, il est très courant de se reprocher de s'être énervé. On rêve tous de pouvoir rester calme. Ce n'est pas un but à atteindre ?

C.H. : Ce reproche qu'effectivement beaucoup de parents se font renvoie à l'un des deux mythes qui, en matière d'autorité, compliquent beaucoup la vie des familles.

J'ai déjà parlé du mythe de l'« autorité naturelle ». Il y a aussi celui du « parent zen ». C'est-à-dire du parent qui, en toutes circonstances et quoi qu'il arrive, serait capable de rester imperturbable. Et de tenir, avec le plus grand calme, à son rejeton des propos édifiants. Un tel parent n'existe pas. Heureusement ! Parce que, non seulement les sentiments et les émotions que son parent manifeste ne sont pas destructeurs pour l'enfant, mais ils sont indispensables à sa compréhension. En la matière, les mots ne suffisent pas. Ce sont l'importance et la nature des réactions de l'adulte qui permettent à un enfant de prendre vraiment conscience de la gravité d'un problème.

Par exemple, si une mère voit son fils de trois ans se précipiter vers le berceau de son petit frère en brandissant un jouet avec lequel de toute évidence il va le frapper, et que cette mère, sans bouger, se contente de dire au futur agresseur : « Mais voyons, Ferdinand, tu sais bien que tu ne dois pas frapper ton petit frère… », que va-t-il se passer ? D'abord l'enfant a mille fois le temps de blesser le bébé. Ensuite, qu'il le fasse ou pas, il ne comprendra jamais qu'un tel acte est très grave…

Alors que si sa mère se précipite, le repousse et lui arrache son jouet des mains, il va se rendre compte qu'il se passe quelque chose !

H.M. : Beaucoup de mères, dans ce cas-là, ont peur d'être brutales.

C.H. : Il peut arriver qu'elles le soient. Dans une situation d'urgence on fait les choses comme on le peut. Mais rien n'empêche qu'elles s'en expliquent ensuite avec leur enfant, en lui disant par exemple : « Je t'ai bousculé. Ce n'était pas dans mes intentions. Et je suis désolée que tu te sois fait mal. Mais je n'avais pas le choix. Est-ce que tu te rends compte comme c'était grave ce que tu allais faire ? Tu pouvais blesser très sérieusement ton frère ! »

Un enfant, là encore, comprend très bien cela. Et l'expérience est toujours positive pour lui, parce qu'elle lui permet de sentir le refus profond de la violence qui habite l'adulte. Et de s'identifier à ce refus. C'est pour lui une véritable leçon de vie.

H.M. : En fait, vous êtes en train de dire que beaucoup de difficultés des parents par rapport à l'autorité viennent de leurs peurs ?

C.H. : Tout à fait, et nous sommes loin d'en avoir fait le tour.

Il y a la peur de l'autoritarisme, que nous avons déjà abordée. La peur de soumettre l'enfant à un arbitraire, voire à une tyrannie. Il y a une peur en rapport avec l'amour, ce fameux « amour » tellement mis en avant, je l'ai dit, dans les relations parents-enfants. Elle se décline de deux façons. Les parents ont peur que l'enfant les ressente comme non-aimants. Crainte injustifiée, je l'ai dit, car l'enfant ne se trompe jamais. Il ne prend jamais les réprimandes et les punitions justifiées pour des brimades. Et ils ont peur également que l'enfant ne les aime plus. Peur fondée sur l'idée qu'il serait heureux dans le sans-limite, désireux d'y rester et donc malheureux qu'on l'en arrache. Or l'enfant, nous l'avons vu, refuse les limites parce qu'elles contrarient son bon plaisir et sa toute-puissance, mais en même temps, il les recherche. Elles lui sont absolument nécessaires. Il est donc impensable qu'il rejette ses parents parce qu'ils lui en mettent...

Il faut aussi citer la peur que l'enfant ne souffre et, à ce sujet, une mise au point s'impose. Oui, l'enfant à qui l'on met une limite souffre. C'est indéniable. Il souffre parce que, nous l'avons dit, l'éducation s'oppose à un fonctionnement initial qui le satisfait. Mais cette souffrance, outre qu'elle n'a rien de dramatique, est non seulement momentanée mais positive pour lui. Elle est le passage obligé pour accéder à une vie infiniment plus riche que celle qu'il avait auparavant. Un enfant sans limites – nous pourrons y revenir – n'est jamais heureux. Maintenu dans la croyance qu'il pourrait tout faire et tout avoir, il se sent en permanence frustré, lésé. Le plus souvent, du fait de sa conduite, il a des problèmes avec tout le monde. Et il est en général rejeté par les autres enfants. Si on l'aime, il est donc impensable de le laisser dans cet état. Je l'explique souvent aux parents qui hésitent à reprendre les choses en main parce qu'ils ont peur que l'enfant souffre. En comparant ce moment où ils doivent « redresser la barre » à la rééducation que doit subir un homme, une femme ou un enfant après un accident. Cette rééducation ne dure qu'un temps, on le sait. Mais elle est toujours douloureuse. Et l'entourage du patient, tout comme le patient lui-même, rêverait souvent qu'elle n'ait pas lieu. Mais que faut-il préférer ? Passer ce mauvais moment et pouvoir, ensuite, marcher normalement et librement ? Ou bien refuser ce temps de douleur et vivre le reste de ses jours dans l'infirmité ? La réponse, je pense, s'impose d'elle-même…

H.M. : Il y a cette peur de faire souffrir l'enfant, c'est vrai, mais il y a aussi la peur de le contraindre en permanence. Quand mon fils était petit, j'avais souvent l'impression de l'embêter pour des détails. Et de gâcher les moments que l'on pouvait passer ensemble.

C.H. : C'est un sentiment partagé par beaucoup de parents. Ils en parlent souvent. Mais c'est un sentiment fondé lui aussi sur une incompréhension. En fait, dans l'éducation, il n'y a pas de détails, et il n'y a pas de petites transgressions qu'il serait inutile d'interdire. L'important n'est pas que l'enfant transgresse beaucoup ou un petit peu une règle. L'important est qu'il la transgresse.

Parce que chacune de ses transgressions (grandes ou petites) est pour lui une façon – tout à fait inconsciente – de dire son rapport à la loi. Je m'explique.

La transgression d'un enfant peut avoir deux sens :

– elle peut être une façon pour lui de demander qu'on lui verbalise, parce qu'on ne l'a pas encore fait, l'existence d'une règle. Je le redis, l'enfant a besoin de règles. Elles balisent pour lui le monde et, de ce fait, le rassurent. Il n'est jamais content, par exemple, quand on l'arrête dans les élans destructeurs qui le pousseraient, si on le laissait faire, à frapper un autre enfant, à piétiner son château de sable, etc. Mais il lui est nécessaire qu'on le fasse. Car l'excitation pulsionnelle qui s'empare de lui dans ces moments-là est sans nul doute jouissive, mais elle est aussi très angoissante. La satisfaction à détruire s'accompagne toujours d'un sentiment de menace. L'enfant sent qu'il pourrait être emporté, ne plus rien contrôler, perdre les limites de son être et de son corps. Il a besoin que l'adulte, en se montrant capable de l'arrêter, lui prouve qu'il est plus fort que lui, donc plus fort que le danger qu'il redoute. Et se révèle ainsi rassurant parce que capable de le protéger ;

– si la règle a déjà été dite à l'enfant, la transgression peut être pour lui un moyen de vérifier sa solidité, son importance. Et, du même coup, la fiabilité de l'adulte et, là encore, sa force susceptible (ou non) de garantir sa sécurité.

H.M. : Les exemples que vous donnez concernent des faits graves. Donc on peut comprendre que l'on maintienne la limite. Mais, pour les détails, par exemple pour un enfant qui mange comme un cochon alors qu'il sait faire autrement, est-ce que ça vaut la peine de gâcher le repas ?

C.H. : C'est un très bon exemple. Il montre bien que, derrière les petits problèmes, il y a toujours une grande règle. Manger « comme un cochon » alors que l'on a l'âge de faire autrement et que l'on a appris à faire autrement n'est pas anodin. Cela met en cause la règle sociale qui veut que l'on mange proprement. Cette règle n'est pas gratuite, elle est fondée sur le respect des autres.

On peut très bien dire à un enfant : « Tu manges la bouche ouverte. Tu craches ta purée lorsque tu n'en veux plus, etc., c'est dégoûtant à regarder ! Est-ce que tu as pensé que cela pouvait être désagréable pour les autres d'être obligés d'assister à un spectacle pareil ? »

Il est d'autant plus important de dire cela à un enfant que c'est aussi lui signifier qu'on le croit et qu'on le sait capable de mieux. Ce qui est – même s'il ne le ressent pas dans l'instant – indéniablement valorisant pour lui.

Mais, encore une fois, le sentiment que vous évoquez est partagé chaque jour par des milliers de parents.

Nombre d'entre eux, par exemple, pensent que « ce n'est pas bien » de laisser leur enfant venir la nuit dormir dans leur lit mais, comme ils en ont assez de se bagarrer avec lui, ils finissent par céder. Tout en se reprochant le plus souvent de ne pas réussir à se montrer plus fermes. Ils se sentent donc tout à fait coupables. Mais ils n'ont pour autant aucune idée de l'ampleur du problème. Ils n'imaginent pas une seule seconde que, en le laissant faire cela, ils l'autorisent, sans le savoir, à se mettre à une place qui n'est pas la sienne. Et à se croire – inconsciemment – autre qu'il n'est. À se penser, par exemple, adulte. Ce qui risque de l'empêcher de faire ce qu'il faut pour le devenir vraiment. Si l'on se pense, dans sa tête, déjà « grand » et autorisé à partager les prérogatives des adultes, pourquoi se fatiguerait-on à grandir ?

Quand les parents, lors d'une consultation par exemple, réalisent ce qui se passe, il devient évident pour eux qu'il faut que cela cesse. Et ils trouvent alors la force d'interdire à l'enfant de continuer. Parce qu'ils sont, à ce moment-là, convaincus que leur refus est légitime. Ils savent alors que ce n'est pas parce que sa conduite les dérange, eux, qu'ils s'y opposent, mais parce qu'elle est un problème pour lui. Et ils peuvent le lui expliquer : « Tu ne peux pas dormir avec nous, parce que ce sont les amoureux qui dorment ensemble. Et toi, tu ne peux pas être notre amoureux. Parce qu'on ne peut pas faire les amoureux avec les gens de sa famille. Donc tu restes dans ton lit à toi. Et, quand tu seras grand, tu pourras toi aussi avoir une amoureuse (un amoureux) et tu dormiras avec elle (avec lui). »

Les partages de lit, qui peuvent passer dans le quotidien des familles pour anecdotiques, renvoient toujours à l'interdit de l'inceste. Ce n'est que lorsque les parents l'ont vraiment compris qu'ils peuvent poser véritablement la limite à l'enfant.

Cette question des « petites choses » est cruciale. Parce que, dans la vie courante, je l'ai déjà dit, c'est toujours au travers des petites choses, des choses banales de la vie de tous les jours que se disent les « grandes choses » (le respect de l'autre, l'interdit de l'inceste, etc.). Et cela explique que l'éducation soit un travail de tous les instants. Et qu'elle soit si difficile pour les parents…

Je suis toujours frappée par le cas de certains enfants pour lesquels on consulte parce qu'ils vont globalement « mal ». Ils ne sont pas épanouis. Ils ont des difficultés dans les relations avec les autres. Ils accumulent des retards dans divers domaines. Ils ne sont manifestement pas heureux. Ils pleurnichent tout le temps, etc. Or, pour nombre d'entre eux, on ne trouve dans leur histoire et dans leur vie quotidienne, que l'on étudie avec les parents et en leur présence, rien de très grave ni de très marquant. Seulement une accumulation de petites transgressions, en apparence mineures, mais qui en fait, si l'on y regarde de près, renvoient toutes à des règles importantes :

– l'enfant va régulièrement dans le lit de ses parents, je me répète, mais c'est un grand classique du quotidien des familles ;

– il ne va jamais se coucher à l'heure, il faut le lui répéter dix fois. Il ne vient non plus jamais à table. On est obligé d'aller le chercher ;

– il ne manifeste pas d'opposition violente (cela aurait frappé ses parents), mais il s'oppose « à bas bruit », pourrait-on dire. En ne faisant jamais vraiment ce qu'on lui demande, ou en ne le faisant jamais au moment où on le lui demande ;

– il agresse – toujours sans grand bruit mais très régulièrement – ses frères et sœurs. À l'occasion, il les pince, les mord, leur tire les cheveux et s'empare facilement de leurs biens ;

– il entre sans frapper dans la salle de bains, quand ses parents y sont. (Un peu trop fréquemment pour que ce soit par hasard…) Et fait volontiers admirer sa nudité à tout un chacun.

En fait, à l'insu de tous, cet enfant reste dans la toute-puissance et le principe de plaisir. Il ne fait que ce qu'il veut, comme il le veut et quand il le veut. Il transgresse l'interdit de l'inceste (en allant dans le lit conjugal et en tentant, au moyen de sa nudité, de séduire les adultes). Il nie la place de ces adultes puisqu'il ne tient aucun compte de ce qu'ils disent. Il agresse ses semblables, etc.

Il se maintient donc sans que l'on s'en rende compte dans un état que l'on pourrait dire de non-civilisation. Et cela explique qu'il aille mal.

H.M. : Un tel enfant est-il conscient de ce qu'il fait ?

C.H. : Il n'en est pas conscient au sens où il ne se lève pas chaque matin en se disant : « Youpi ! Aujourd'hui je vais nier mes parents et transgresser l'interdit de l'inceste ! » Mais il n'est pas sans savoir – inconsciemment – que ce qu'il fait ne va pas. Un enfant a toujours, même s'il ne la connaît pas consciemment, l'intuition de la règle.

Lorsque, reprenant avec lui point par point ses agissements, on lui explique pourquoi ils ne sont pas possibles, il le comprend immédiatement. Et, en général, il en est, à la grande surprise de ses parents, plutôt soulagé. Comme si, au fond, il n'attendait que l'interdit.

Et, bien sûr, ses symptômes régressent immédiatement. Parce que, réintégrant la loi humaine, il retrouve du même coup l'accès à la vie normale, à ses capacités, aux relations avec les autres, etc.

H.M. : Donc il faut que les parents se méfient de ce qui leur semble sans importance ?

C.H. : La conclusion s'impose. Pour le dire autrement : « Méfions-nous des petites choses. Elles peuvent en cacher de très grandes ! »

H.M. : Je voudrais que l'on aborde la question des places du père et de la mère. Une place difficile à définir aujourd'hui. Comment voyez-vous cette répartition ou cette non-répartition des rôles ?

C.H. : C'est beaucoup plus compliqué qu'autrefois. Les femmes refusent aujourd'hui d'être considérées comme des citoyennes de seconde zone. Elles veulent que leur égalité avec les hommes soit reconnue.

Le combat est justifié et malheureusement loin d'être gagné. Mais comme il se traduit, dans la famille, par la volonté que père et mère soient sur le même plan, il suscite beaucoup de malentendus.

Le problème est particulièrement frappant quand les parents consultent parce qu'ils ont avec leur enfant un problème grave d'autorité. Ils disent par exemple qu'ils n'arrivent à rien avec lui, que c'est pareil à l'école, etc. Quand on pose à ces parents des questions que l'on pourrait résumer ainsi : « Chez vous, qui commande ? » ils répondent en général : « C'est nous deux. » C'est-à-dire qu'ils décrivent une situation dans laquelle les places du père et de la mère ne sont pas différenciées. Or pour que « ça marche », comme on dit, il faut qu'elles le soient.

H.M. : Votre position peut paraître idéologique. Chacun est à sa place depuis des millénaires et rien ne bouge. Pourtant les femmes se sont battues pour changer de place.

C.H. : Ce n'est pas du tout une position idéologique. C'est une position de clinicienne qui a eu, au cours des années, l'occasion de comprendre ce qui permettait aux enfants de sortir des impasses où ils se trouvaient. Et ce qui, à l'inverse, ne leur permettait pas d'en sortir. Un praticien de la psychanalyse avec les enfants est comparable à un plombier. Il finit, au bout d'un certain temps, par avoir une certaine idée du fonctionnement de ce qu'on lui demande de réparer… Bien sûr, un enfant n'est pas un robinet. Et tous les robinets sont semblables (ou presque) alors que tous les enfants sont différents. Mais ils ont des fonctionnements communs. Un enfant a besoin de savoir que son père et sa mère ne sont pas à la même place. Et il a besoin que sa mère accepte de situer son père comme celui qui détient l'autorité.

H.M. : Pourquoi? Une mère n'est-elle pas aussi capable qu'un père d'avoir de l'autorité?

C.H. : Une mère est tout aussi capable qu'un père d'avoir de l'autorité. Elle peut même, éventuellement, en être plus capable. Mais le problème n'est pas là.

Quand une mère fait appel au père en matière d'autorité, quand lors d'un conflit avec son enfant elle dit à ce dernier : « Je ne vais pas me battre avec toi. Tu refuses de faire tes devoirs. Très bien ! Tu te débrouilleras avec ton père lorsqu'il rentrera… », ce n'est pas du tout parce qu'elle est incapable d'obliger l'enfant à obéir. Elle le pourrait très bien !

C'est pour lui signifier que ce problème de devoirs (qui concerne une règle générale et son éducation, etc.) n'est pas une histoire à deux, entre elle et lui. Que ce n'est pas parce que, elle, veut qu'il fasse ses devoirs, qu'elle exige qu'il les fasse. Mais parce que faire ses devoirs est une règle pour tous les enfants. Le fait d'introduire un tiers permet à l'enfant de sortir du combat à deux (toi tu veux – moi je ne veux pas – qui va gagner ?) et de changer de terrain. En faisant référence à un autre (le père), la mère fait exister tous les autres. C'est-à-dire tous les adultes concernés, comme elle, par la règle qu'elle énonce. Et, du même coup, cette règle elle-même. Cette règle que l'on nomme à juste titre « commune ».

La référence au père n'a rien à voir avec les capacités réelles du père et de la mère. Et elle n'a surtout rien à voir avec une hiérarchie qui ferait de l'un le dominant de l'autre. C'est un dispositif.

Nous avons déjà parlé de ce dispositif à propos du petit garçon que vous évoquiez, et qui, dans un avion, ne voulait pas boucler sa ceinture au moment du décollage. Le père est à la même place que l'était, dans cette histoire, le commandant de bord. La référence à lui fait exister pour l'enfant la règle (que le père est chargé de faire respecter). Et permet que ce père incarne – symboliquement – toutes les instances qui, dans la société, sont chargées (comme lui l'est dans la famille) de faire respecter les lois (la police, la justice, etc.). En fait, par la référence au père, la mère transforme le monde dans lequel vit l'enfant. Elle lui montre que ce monde n'est pas un conglomérat d'individus isolés dans lequel chacun pourrait, au gré de ses envies, exercer sa force sur l'autre. (Et que le meilleur gagne !) Mais un univers dans lequel chacun est pris dans une sorte de tissage symbolique qui relie les individus entre eux et dont il faut tenir compte.

H.M. : Ce « tissage », on pourrait dire que c'est le lien social ?

C.H. : C'est le lien social. La référence au père initie l'enfant au fonctionnement social. Parce qu'elle lui permet de comprendre que, dans la vie, on n'est jamais deux, mais trois. Qu'il n'y a jamais seulement « toi » et « moi ». Mais toujours « toi », « moi » et la loi qui peut éventuellement régler les problèmes entre nous deux. Et faire qu'ils puissent se terminer autrement qu'à coups de poing ou de fusil. Cette référence à une instance tierce est fondamentale. Lorsque l'on travaille avec de jeunes (ou de moins jeunes) délinquants, on constate à quel point elle leur a manqué.

Ils ne connaissent que la relation duelle : « Tu veux me tuer ? Alors, je n'ai pas le choix. Je vais essayer de te tuer le premier ! » Dans cette optique, où la référence à la loi n'existe pas, il n'y a pas de protection possible. Chacun est seul, à la merci de l'autre. Et ne peut y échapper qu'en essayant d'être plus fort que cet autre. Comme dans la jungle !

H.M. : Mais pourquoi, dans le couple, est-ce le père auquel on fait référence ? Pourquoi le père ne ferait-il pas référence à la mère s'il la sent plus capable que lui ?

C.H. : Parce que la mère a déjà pour l'enfant (pour l'enfant petit, celui qui se construit) un pouvoir mille fois plus grand que celui du père. Pour un enfant petit, sa mère est tout. D'autant plus « tout », d'ailleurs, qu'il pense toujours (tant qu'on ne lui a pas expliqué le rôle du père dans la conception) qu'elle est capable de faire les enfants toute seule. Qu'elle n'a besoin de personne pour cela.

Si ce personnage de la mère qui incarne déjà la toute-puissance détenait en plus l'autorité dans la famille, il deviendrait pour l'enfant l'image même du pouvoir absolu. Et cela aurait (au moins) deux inconvénients majeurs.

Le premier est que l'on voit mal comment un enfant pourrait s'autoriser à quitter une telle mère. Or, ne l'oublions pas, grandir consiste à se séparer chaque jour un peu plus de ses parents et notamment de sa mère…

Et le second est qu'un tel personnage ne manquerait pas d'être, du fait de sa puissance, un objet de fascination pour l'enfant. Il en viendrait donc, immanquablement, à s'identifier à lui. Et à essayer, à son tour, d'être le maître du monde.

Et affirmer cela ne relève pas de la spéculation. On retrouve aussi cette dimension dans l'histoire de nombreux délinquants. Privés de père ou dotés d'un père écrasé par une mère toute-puissante, ils se sont identifiés à elle. Pour devenir – hors la loi – chefs de bande.

Il faut bien comprendre que, lorsqu'une mère dit à son enfant : « Tu te débrouilleras avec ton père », elle casse la croyance qu'il pouvait avoir en sa toute-puissance. Elle lui signifie que, contrairement à ce que sans doute il croit, elle ne peut pas tout. Qu'elle n'est pas tout. Et elle lui prouve, par là même, que personne ne peut être « tout », et que le combat pour la toute-puissance est un combat vain.

Et c'est aussi cette dépossession, cette privation de puissance, acceptée par la mère, qui permet à l'enfant de renoncer à ses propres rêves de toute-puissance. « Si même ma maman, qui est si puissante, n'arrive pas à être le maître du monde, c'est que vraiment ce n'est pas possible… »

Donc, vous le voyez, quand on parle de référence au père il ne s'agit en aucun cas d'une hiérarchie où le père aurait je ne sais quelle force que la mère n'aurait pas.

Je le répète, c'est un dispositif. Fondé sur une différence des places acceptée par chacun. Et on ne voit pas pourquoi la différence des places empêcherait l'égalité ! Ce dispositif fait exister pour l'enfant la dimension d'une instance tierce qui, différenciant le monde d'une jungle, est la caractéristique même de la civilisation.

H.M. : Si la référence au père est si importante, que peuvent faire les mères qui élèvent leur enfant seules ?

C.H. : C'est souvent très difficile pour une mère d'élever seule son enfant. Mais, pour ce qui nous occupe, c'est un problème parfaitement soluble. Parce qu'un père n'a pas besoin d'être présent réellement pour exister. Un père existe dès lors que, présent ou pas, on fait référence à lui. C'est si vrai d'ailleurs que l'on constate souvent que, si un père est là mais que la mère ne fait pas référence à lui, il n'existe pas pour l'enfant. Il ne peut pas, dans ces conditions, être un tiers. Il est seulement, alors, un troisième dont l'enfant ne sait pas forcément à quoi il sert…

Une mère qui vit seule peut très bien expliquer à son fils, ou à sa fille : « Ton père n'est pas (ou plus) là. Mais, s'il était là, voilà ce qu'il te dirait. Parce que tous les pères – ceux en tout cas qui se préoccupent de leurs enfants – leur disent, dans les mêmes circonstances, cela. »

Si la mère est convaincue de ce qu'elle dit, si le père de son enfant, même absent, existe pour elle, elle permet à l'enfant de prendre conscience de son existence. Elle fait, par sa parole, exister pour l'enfant son père. Et au-delà de lui, « un père », autrement dit la « fonction paternelle ». Cette instance tierce entre sa mère et lui dont, encore une fois, l'enfant a besoin pour se construire, comprendre le monde et accéder à la civilisation.

Trop d'autorité – Pas assez d'autorité – Quels problèmes pour l'enfant ?

H.M. : On a beaucoup parlé du manque d'autorité mais pas du trop d'autorité. Nous connaissons tous des parents qui crient pour un rien, qui peuvent même faire régner la terreur dans la famille. Quelles répercussions ce comportement a-t-il sur le développement de l'enfant ?

C.H. : Certains parents, nous en avons longuement parlé, vivent dans la peur d'être autoritaires. D'autres le sont vraiment. Et n'ont en général, eux, aucune angoisse à l'être. Il est important de s'attarder sur leur cas, parce que leur attitude est souvent mal comprise.

On pense en effet généralement qu'un parent « autoritaire » est un parent qui manifeste « trop » d'autorité (il a trop de demandes, trop d'exigences, etc.). On a de son comportement une vision que l'on pourrait dire « quantitative ». Or il ne s'agit pas seulement de « quantitatif ». Le parent autoritaire n'est pas seulement celui qui est dans le « trop » d'autorité (même s'il l'est), c'est avant tout celui qui fait preuve d'une autorité dont la nature n'est pas juste.

L'autorité « juste », en effet, nous l'avons expliqué, est celle que le parent manifeste à l'enfant en lui faisant bien comprendre qu'elle n'est pas tant la sienne à lui, le parent, que celle de la loi.

L'autorité « juste » permet à l'enfant de réaliser que ce n'est pas seulement aux adultes mais, au-delà d'eux, à la loi qu'on lui demande d'obéir. Et que ces mêmes adultes sont eux aussi obligés d'obéir à cette loi. « Tu dois traverser dans les passages pour piétons et je t'y oblige. Parce que la loi oblige chacun de nous à traverser dans ces passages. Donc je ne peux pas te permettre de faire autrement. »

Dans cette optique, je l'ai déjà dit, le parent n'est qu'un transmetteur. Il transmet la loi. Et son autorité n'est là que pour faire comprendre à l'enfant celle de la loi.

« Cette chose-là se fait (ou ne se fait pas) de cette façon. C'est comme ça. Ça ne se discute pas ! »

Or, il faut le souligner, le parent autoritaire n'est pas du tout dans cette position. Il ne transmet, lui, en aucune façon, la loi commune. Il impose essentiellement à l'enfant sa loi à lui. C'est-à-dire ses propres exigences, nées de son histoire, de ses angoisses, de sa névrose, etc.

Pour illustrer la différence entre les deux situations, on peut reprendre un exemple que j'emploie très souvent. Et qui, pour n'être pas d'une grande subtilité, n'en est pas moins éclairant pour les parents.

Il m'arrive de dire à ceux qui ont peur de se montrer injustes : « On n'est jamais injuste quand on demande à un enfant ce que n'importe quel parent, dans les mêmes circonstances, lui demanderait. »

C'est un point très important. Mais je précise : « En revanche on peut l'être si l'on manifeste une exigence qui n'est partagée que par soi-même. Demander à un enfant par exemple de mettre un imperméable lorsqu'il pleut ne peut en aucun cas être injuste. Exiger de lui qu'il porte en la circonstance un imperméable à pois verts (qu'il déteste) parce que l'on adore cette couleur a toutes les chances de l'être. »

L'exemple n'est pas d'un très haut niveau, je le répète. Mais il nous mène au cœur du problème. C'est-à-dire à ce moment où l'on peut passer de l'exigence « normale » (parce qu'elle concerne la construction d'un enfant, son apprentissage des lois du monde, sa sécurité, etc.) à l'injonction dictée par ses seuls fantasmes. Ce risque de dérapage est présent pour tout parent, à chaque moment de sa vie avec son enfant. Et il est plus fréquent encore à certaines étapes de son développement. Où il est facile d'arguer (en toute bonne foi) de dangers éventuels pour freiner son envol vers l'autonomie. Quand il commence à marcher, par exemple, touche à tout et prend des risques. Et bien sûr à l'adolescence où la question de l'autorité devient dans toutes les familles un véritable casse-tête. Parce qu'il faut la maintenir tout en donnant à l'adolescent une liberté qu'il revendique. Revendication des plus légitimes, mais qui ne facilite pas la vie des parents. Ils doivent, en effet, s'ils veulent que cette liberté soit constructive pour lui, continuer à l'« encadrer ». Et les modalités du cadre à mettre en place ne vont jamais sans poser de problèmes. Jusqu'à quelle heure le (ou la) laisser sortir ? Jusqu'où surveiller (ou ne pas surveiller) ses fréquentations ? Etc. Chaque parent doit trouver ses propres réponses à ces questions et donc moduler son autorité.

L'autorité de ses parents est pour tout enfant, je l'ai déjà dit, un contenant. Elle lui permet de contenir ses pulsions, de « se contenir ». Mais, plus il grandit, plus il devient capable de se conduire seul et plus ce contenant doit évoluer, se desserrer. Sans toutefois cesser d'exister. Là est toute la difficulté. Car l'adolescent, comme l'enfant petit qu'il a été, rue continuellement dans les brancards. Et s'attaque en permanence audit contenant. Dans l'espoir conscient qu'il cède. Et que lui soit enfin « libre », libéré de toute entrave. Mais il garde, comme dans son enfance, le besoin inconscient qu'il ne cède pas. Parce que sa disparition le laisserait dans l'errance.

L'adolescent est un paradoxe vivant. Il passe son temps à vouer aux gémonies ses parents et leurs exigences, mais il a sans le savoir (et ne pourra le dire qu'une fois sorti de l'adolescence) plus que jamais besoin d'eux… et d'elles. Sous réserve qu'eux, comme elles, tiennent compte de son âge et de la maturité qu'il a acquise.

Un adolescent a besoin d'autorité. Mais il a besoin que, parallèlement, ses parents reconnaissent qu'il a grandi, qu'il est capable de penser par lui-même. En un mot qu'il est devenu apte à « se conduire ». À conduire lui-même sa vie, même si cette conduite doit, pour un temps encore, rester « accompagnée ».

H.M. : Donc dans ces moments-là, tous les parents risquent l'autoritarisme ?

C.H. : Bien entendu. Mais les parents qui se posent des questions sur leur fonction et sur eux-mêmes le savent. Ils travaillent à trouver, pour chaque problème, la solution sinon la meilleure, du moins la moins mauvaise. Et surtout ils ne sont pas inaccessibles à la discussion. Ils peuvent écouter l'adolescent et, sans forcément lui céder, tenir compte de ses arguments. Celui-ci se sent donc reconnu et comprend qu'il a une place, une valeur. Qu'il n'est pas juste un pion que ses géniteurs peuvent déplacer au gré de leurs envies.

Cela fait toute la différence avec les parents autoritaires (voire tyranniques) qui sont, eux, parfaitement sûrs, quoi qu'il arrive, de leur bon droit et de la justesse de leurs exigences. Ils sont tellement enfermés dans leur névrose (et même parfois dans leur folie) que l'idée de l'extérieur et d'opinions différentes de la leur ne peut pas exister pour eux. Aucun dialogue n'est donc possible. Ainsi certains « bouclent », comme ils disent, leurs enfants et adolescents sans se poser la moindre question sur les motivations qui

les poussent à le faire. Alors que, par exemple, la
protection de la vertu de sa fille invoquée par un
père autoritaire pour justifier qu'il la garde cloîtrée
masque bien souvent chez lui un amour incestueux
dont il n'a nullement conscience. Aucun garçon,
aucun homme ne doit approcher cette jeune fille.
Aucun homme… sauf lui, cela va de soi ! L'enfer
est toujours pavé de bonnes intentions ! Les effets
sur les enfants de ce genre d'autorité, on le conçoit
aisément, sont toujours désastreux. Parce qu'il est
toujours destructeur de faire, dès son plus jeune âge,
l'expérience de l'injustice, de l'arbitraire et du pouvoir absolu de l'autre.

*H.M. : Cela provoque des symptômes particuliers
chez les enfants ?*

C.H. : Cela peut donner des enfants totalement
inhibés. De ces enfants que l'on présente souvent
comme « sages », parce que, prisonniers de l'emprise
parentale, ils ont en général renoncé à parler, à exprimer leurs désirs, leurs refus, leurs oppositions. Ces
enfants-là sont rarement conduits en consultation car
leur état ne gêne en aucune façon leurs parents et
peut même les satisfaire pleinement. On ne consulte
pour eux que s'ils ont la chance d'être scolarisés
dans une école où l'on s'émeut de leur passivité.
Mais même si l'on ne les reçoit pas, on entend souvent parler d'eux lors d'un rendez-vous pris pour un

frère (ou une sœur) qui se montre, lui (ou elle), nous dit-on, parfaitement « infernal ». Et c'est en décrivant les turpitudes du supposé jeune monstre qui fait l'objet de la consultation que les parents sont amenés à faire l'éloge de celui « qui ne bouge jamais ». « Ah, madame! Ce n'est pas comme son frère. Si vous le voyiez… C'est bien simple. Un ange! »

Dans ce cas – faut-il le préciser? – c'est toujours pour l'ange (absent) que le psychanalyste est le plus inquiet. Car il entend bien que celui-ci ne se donne même pas – ou même plus – l'autorisation de contester une organisation familiale des plus problématiques.

H.M. : Il est préférable pour sa construction qu'un enfant s'oppose?

C.H. : Un enfant pour se construire a besoin de s'opposer. Mais le problème des enfants qui s'opposent à des parents autoritaires est qu'ils ne peuvent le faire que sur un mode désordonné, et sont souvent de ce fait qualifiés d'« agités ». Il arrive même que l'on parle à leur sujet de « troubles de comportement ».

Ils ont tendance à faire n'importe quoi. C'est-à-dire à adopter une attitude qui est (sans que ceux-ci s'en rendent compte) en miroir de celle des adultes. Ils sont en effet confrontés à des parents qui n'agissent pas en fonction de la loi commune mais en

fonction de leurs propres convictions. Alors ils font
de même, à leur façon. C'est-à-dire qu'ils n'en font
« qu'à leur tête », comme on dit. Parce qu'ils sont
dépourvus de tout repère sensé, de toute boussole.
Dans ces familles, l'« hyperagitation » des enfants
ou leur « hyperinhibition » sont les deux faces de la
même médaille… Les deux symptômes sont la conséquence d'un rapport faussé de leurs parents à la loi.

L'autoritarisme parental peut aussi avoir des effets
moins voyants. Mais les enfants qui le subissent sont
toujours en danger. Parce que rien, dans le monde où
ils vivent, n'est à sa place :

– l'adulte n'est pas un accompagnateur, une présence qui les aide. Il est, dans une hiérarchie posée
comme immuable, un supérieur qui les asservit ;

– eux-mêmes ne sont pas considérés comme des
personnes à part entière, capables de choisir, de décider, de parler. Ils sont les sujets du maître. Des êtres
qu'il veut passifs et dociles et qu'il entend modeler
à sa guise ;

– et surtout, la nature même de la loi est faussée.
La loi, en effet, les lois humaines ne sont pas là pour
opprimer les êtres. Elles barrent la route, c'est vrai, à
certains de leurs actes. Mais elles ne le font que pour
rendre possible une vie heureuse et sans dangers. Je
n'ai pas le droit d'agresser mes semblables, mais
comme eux non plus n'ont pas ce droit, je peux me
promener dans la rue sans (sauf exception) craindre
pour ma vie. L'interdit de l'inceste porte sur les relations amoureuses avec les membres de ma famille,

mais il me permet l'accès à tous les autres gens, et ce, sans culpabilité. La loi est donc là pour permettre la vie.

Il n'en va pas de même de la loi du parent autoritaire. Elle s'apparente, elle, à une sorte de « loi du tyran ». Elle n'est là que pour asseoir le pouvoir de celui ou celle qui l'énonce et pour asservir celui ou celle qui la subit.

Elle provoque donc chez les enfants des troubles, nous l'avons dit. Mais aussi, et notamment chez les adolescents, beaucoup de désespoir. Au point que l'on est parfois, lorsque l'on reçoit certains d'entre eux, très inquiet. Parce qu'on craint que leur désir – légitime – de quitter une existence invivable ne les pousse au pire. Comment vivre lorsque tout ou presque est, sous des prétextes fallacieux, interdit ? Lorsque l'on se heurte en permanence à ses parents comme à des murs ? Lorsqu'on se sent nié ?

Et puis, il faut le savoir, l'autoritarisme parental a aussi des effets paradoxaux. Car contrairement à ce que croit le parent autoritaire, il ne donne en aucune façon à son enfant le sens de ses limites. Au contraire.

Ce dernier, en effet, qui sent (inconsciemment) que la loi à laquelle on le soumet est injuste, essaie toujours de lui échapper. Ce qui ne serait pas grave s'il pouvait concevoir qu'un autre type de loi existe. Or, prisonnier d'une telle éducation, il ne le peut en général pas. Il est donc amené le plus souvent à rejeter comme l'on dit « l'enfant avec l'eau du bain ».

C'est-à-dire à rejeter, pour se libérer, toutes les limites quelles qu'elles soient. Cela peut le mener à s'exclure de la société, à se marginaliser, et à le faire même d'une façon dramatique. Mais sans aller aussi loin, cela donne, par exemple, des étudiants qui, arrivant en faculté, sont incapables de s'imposer une discipline de travail et échouent. Parce qu'ils ont passé toute leur enfance à devoir, l'adulte en ayant décidé ainsi, travailler chaque jour après l'école pendant trois heures même s'ils avaient, bien avant la fin de ce délai, terminé ce qu'ils avaient à faire… L'exigence parentale inconsidérée a transformé ce qui aurait dû être une limite normale en carcan. Et les condamne à rejeter indéfiniment ce carcan.

H.M. : Pourquoi des parents se montrent-ils aussi autoritaires ?

C.H. : Leur attitude est toujours liée à leur histoire. Ils sont souvent identifiés à un adulte qui leur a fait vivre l'équivalent de ce qu'ils font subir à leur enfant. Et ne peuvent lui permettre une révolte à laquelle ils n'ont pas eu droit. Il arrive même que l'enfant soit pour eux une sorte d'entreprise qu'ils dirigent, l'entreprise de leur vie. Ils « gèrent » leur enfant comme ils géreraient une usine. En oubliant qu'il est un être humain.

H.M. : Revenons aux enfants qui souffrent, eux, d'un manque d'autorité. Est-ce qu'ils présentent des troubles particuliers ?

C.H. : Ils présentent plusieurs sortes de troubles, dont l'on constate aujourd'hui, de plus en plus fréquemment, l'existence. Tout d'abord des retards de développement. Ils sont immatures, ont du mal à s'intégrer à l'école, ne parviennent pas à apprendre à lire et à écrire, etc.

H.M. : Est-ce vraiment lié au manque d'autorité de leurs parents ?

C.H. : Souvent, oui. Pour grandir et avancer dans la vie, un enfant a besoin, je l'ai longuement expliqué, de renoncer au « principe de plaisir ». Il doit accepter de quitter les satisfactions qu'il connaît déjà, pour en découvrir d'autres. Et supporter de ne pas faire seulement ce qui, dans l'instant, lui plaît, etc. Et tout cela, je l'ai également expliqué, il ne peut le faire seul. Il doit, pour y parvenir, être poussé par ses parents.

Cela suppose que ces derniers fassent preuve d'autorité, à chaque moment de la vie. « Je ne te porterai pas, tu es capable de marcher seul. Tu sais très bien tenir ta cuiller, tu peux manger tout seul. Tu sais mettre ton pull-over, il n'y a donc pas de raison pour que tu ne le fasses pas, etc. »

Le parent qui a de l'autorité pousse son enfant vers l'avant. Alors que celui qui n'ose pas l'exercer ne fait que le suivre. L'enfant n'est donc pas stimulé, encouragé à avancer. Alors il stagne. Et – on ne le sait pas assez – cela porte atteinte à son intelligence. Habitué à se montrer passif pour toutes les choses de la vie, il l'est en effet aussi lorsqu'il s'agit de réfléchir. Cette passivité hypothèque les possibilités qu'il a d'acquérir des connaissances. D'autant plus lourdement que, vivant sans autorité, il n'a pas l'habitude d'obéir aux règles. Et passe son temps, nous l'avons vu – parce qu'on le lui permet –, à les nier, à les contourner, à les aménager.

Or l'univers des connaissances est entièrement structuré par des règles. Des règles auxquelles chacun – que cela lui plaise ou non – doit se soumettre. Deux et deux font quatre et pas cinq ou trois. Si l'on veut écrire BA il faut inscrire un B et un A (et ne pas se contenter d'un O ou d'un N parce qu'ils semblent plus faciles à dessiner), etc.

Comment un enfant qui, dans le reste de sa vie, ne respecte pas grand-chose pourrait-il respecter d'aussi strictes obligations ?

De nombreux troubles de l'apprentissage (que l'on est malheureusement toujours prompts aujourd'hui à attribuer à une supposée dyslexie ou à quelque désordre majeur) sont ainsi, notamment chez des enfants de grande section de maternelle et de cours préparatoire, le reflet, la traduction dans le domaine scolaire, du rapport qu'ils entretiennent avec le monde.

Mais les problèmes de développement ne sont pas les seuls que connaissent les enfants qui vivent sans autorité. L'absence d'autorité peut être aussi source de très grandes angoisses.

Le parent qui fait preuve d'autorité, en effet, celui qui met à son enfant des limites et les maintient, lui signifie du même coup qu'il existe dans la vie une règle du jeu. Une règle qui définit, dans chaque cas, ce que l'on a le droit de faire ou pas. Dès lors, les choses sont claires. Si l'on fait ce qu'il faut, tout va bien. Si l'on ne fait pas ce qu'il faut, on est puni.

Cette idée n'a rien d'agréable, mais elle présente un grand avantage, qui tient au fait que la punition annoncée n'a rien de magique. Elle découle d'un fonctionnement logique et elle est tout à fait prévisible. Elle n'a donc rien d'effrayant.

De la même façon, l'existence d'une « règle du jeu » rassure l'enfant sur lui-même. Elle lui permet de savoir s'il est coupable ou non et lui évite de se sentir culpabilisé sans raison. Par son autorité, le parent fait donc exister pour l'enfant un monde où les fantômes, les peurs irraisonnées et les culpabilités sans motifs n'existent pas.

À l'inverse, l'enfant qui vit sans règles et sans autorité de ses parents ne sait jamais vraiment où il en est et où il va. Il ne sait pas ce qui est vraiment permis ou pas ; s'il va être ou non puni ; comment et quand il le sera. Il s'autorise à faire ce dont il a envie. Cela peut sembler un avantage, mais cet avantage est pour lui fort coûteux, car il ne sait jamais si, en agissant comme il le voulait, il a ou non transgressé. Et craint toujours (au moins inconsciemment) de l'avoir fait.

Il est donc en permanence la proie d'une culpabilité inconsciente aussi vague qu'invalidante.

De surcroît, il se sent en insécurité car l'adulte qui se montre incapable d'autorité ne lui apparaît jamais comme un personnage rassurant. Et l'on peut le comprendre. Comment croire en la force d'une grande personne qui, dès que l'on s'affronte à elle, capitule ? « Si papa n'est pas capable de m'envoyer me coucher, comment pourrait-il tenir tête aux voleurs qui me font peur et dont je redoute qu'ils viennent me surprendre, dans mon lit, la nuit ? »

Bien des peurs et des cauchemars d'enfant disparaissent ainsi lorsque les parents, surtout le père, reprennent leur place. Et donnent à l'enfant la protection d'une autorité qui le rassure.

H.M. : L'absence d'autorité des parents et l'autoritarisme provoquent donc chez les enfants des angoisses et des troubles du développement. Vous avez dit aussi qu'ils favorisaient la délinquance.

C.H. : Je pense qu'ils sont même l'une des causes essentielles de la délinquance. Celle-ci est en effet référée presque exclusivement aux problèmes économiques des familles. Cela me semble une erreur. Les difficultés économiques, les problèmes d'exclusion sociale jouent effectivement un rôle très important, mais l'autoritarisme, comme l'absence d'éducation – et d'autorité – des parents sont en la matière déterminants. L'autoritarisme parental peut conduire l'enfant à la délinquance car il lui donne pour exemple la loi du tyran. Devenu adolescent, il peut donc s'identifier à ce tyran et entreprendre tout comme lui de faire la loi, mais l'absence d'éducation conduit au même résultat et on le constate de plus en plus souvent aujourd'hui.

La délinquance en effet peut être définie comme l'expression soit d'une méconnaissance, soit d'un refus par un enfant, un adolescent, et plus tard un adulte, des règles qui permettent la vie en commun. C'est-à-dire des règles humaines. Le délinquant les transgresse puisqu'il n'hésite pas à porter atteinte à l'autre et à ses biens.

Or, nous l'avons vu, le respect de ces règles ne peut être acquis que par l'éducation. C'est elle qui permet à l'enfant de comprendre ce qu'est l'autre et sa souffrance éventuelle. C'est elle qui lui permet de comprendre l'intérêt que présente une société civilisée, etc.

La délinquance n'a donc rien à voir – je le répète mais on ne le répétera jamais assez – avec des problèmes constitutionnels ou génétiques. Elle est une affaire d'éducation, et cette affirmation n'est pas sans conséquences. Elle signifie que la prévention et le traitement de la délinquance ne se trouvent pas du côté du dépistage, dès le berceau, de prétendus « délinquants-nés » et de la recherche de centres où les enfermer à l'adolescence. Ils se situent dans l'éducation.

Il faut sortir de cette idée – destructrice – que les enfants ne s'élèveraient qu'avec des sentiments. Faire comprendre aux parents l'importance vitale de l'éducation pour leurs enfants et les aider à les éduquer. Et il faudrait aussi que les structures sociales – en premier lieu l'école – fonctionnent d'une façon telle qu'elles puissent pallier les carences familiales.

Les enfants peuvent apprendre à l'école bien plus que la lecture, l'écriture, l'histoire et la géographie. Ils peuvent y apprendre des choses essentielles de la vie. Cela ne remplacera sans doute jamais l'éducation de leurs parents, mais cela leur donnera des repères dont ils ont absolument besoin pour vivre.

On ne peut pas continuer à laisser des milliers d'enfants gâcher ainsi leur vie en perturbant, de plus, celle des autres, alors que l'on pourrait faire autrement.

Et l'on ne peut pas continuer à laisser notre société raisonner sur un mode que l'on peut dire schizoïde. Puisque, méconnaissant l'importance de l'éducation, elle favorise la montée de la délinquance. Tout en essayant parallèlement d'endiguer cette même délinquance. Sans aucun espoir de succès puisqu'elle refuse d'en admettre les véritables causes.

Et pour conclure…

H.M. : Nous en arrivons à la fin de nos entretiens et donc de ce livre. Et je vous poserai encore une question. Pensez-vous que, après l'avoir lu, les parents auront résolu, au moins en grande partie, leurs problèmes avec l'autorité ?

C.H. : Je peux vous répondre sans aucune hésitation : non! Les livres ne sont pas des baguettes magiques. Et ils n'ont, pas plus que ceux ou celles qui les écrivent, le pouvoir de faire des miracles.

Après avoir lu ce livre, les parents qui ont des problèmes avec l'autorité ne vont donc pas les voir, comme par magie, se résoudre.

Mais je crois – et c'est plus qu'une croyance parce que je m'appuie, pour le dire, sur toute mon expérience – qu'un livre comme celui-ci peut vraiment, s'ils acceptent de l'utiliser, être pour eux un outil. C'est-à-dire leur donner les moyens de réfléchir à leurs difficultés autrement qu'ils ne le faisaient auparavant. De comprendre ce qu'ils n'avaient pas compris et d'avancer vers des solutions. Puisqu'il a pour vocation d'expliquer le plus clairement possible et surtout le plus concrètement possible ce qu'est l'autorité. Et les raisons pour lesquelles elle peut être difficile à exercer.

Notre travail finit donc là. Et celui des parents (qui le veulent) commence.

Ils peuvent maintenant, chaque fois qu'ils se sentent en échec, essayer de repérer ce qui s'est passé en eux. Ce qui s'est joué pour leur enfant. Comment la situation s'est bloquée. Et élaborer des solutions pour la débloquer.

Et il faut surtout qu'ils apprennent, dans ce cheminement, à se faire confiance. À écouter leurs intuitions, et à agir en fonction d'elles. En sachant, c'est essentiel, que les erreurs que l'on fait avec un enfant ne sont jamais dramatiques. Parce que l'on peut toujours, après coup, en parler, s'en expliquer avec lui, dissiper les malentendus.

Et je voudrais – je terminerai là-dessus – leur dire aussi que rien n'est jamais, avec un enfant, définitif. Même si l'on est, depuis des années, enlisé avec lui dans une situation qui semble inextricable. Si l'on finit par comprendre ce qui se passe et si on le lui explique, il l'entend toujours. Et l'on peut alors, à partir de là, commencer à redresser la barre.

Cela ne se fait jamais sans difficultés, bien sûr. Parce que l'enfant qui n'avait pas de limites depuis longtemps, par exemple, et à qui l'on décide d'en mettre, ne voit jamais cela d'un bon œil. Mais, s'il sent ses parents convaincus et sûrs de leur fait, il finit toujours par les accepter. Et cela – on ne le répétera jamais assez – change pour le meilleur sa vie.

Du même auteur chez le même éditeur :

PARLER, C'EST VIVRE, 1997
POURQUOI L'AMOUR NE SUFFIT PAS, 2006

Achevé d'imprimer en avril 2012 en France par
CPI BRODARD ET TAUPIN
La Flèche (Sarthe)
N° d'impression : 68308
Dépôt légal 1ʳᵉ publication : février 2011
Édition 04 – avril 2012
LIBRAIRIE GÉNÉRALE FRANÇAISE
31, rue de Fleurus – 75278 Paris Cedex 06

31/5701/3